Doce inimiga minha

Marcela Serrano

Doce inimiga minha

Tradução
Joana Angélica d'Avila Melo

ALFAGUARA

Copyright © Marcela Serrano
c/o Guillermo Schavelzon & Asoc. Agencia Literaria
www.schavelzon.com
Todos os direitos reservados.

Todos os direitos desta edição reservados à
Editora Objetiva Ltda.
Rua Cosme Velho, 103
Rio de Janeiro — RJ — Cep: 22241-090
Tel.: (21) 2199-7824 — Fax: (21) 2199-7825
www.objetiva.com.br

Título original
Dulce enemiga mía

Capa
Marianne Lépine

Imagem de capa
Deborah Jaffe / Getty Images

Revisão
Cristhiane Ruiz
Beatriz Sarlo
Eduardo Rosal

Editoração eletrônica
Abreu's System Ltda.

CIP-BRASIL. CATALOGAÇÃO NA PUBLICAÇÃO
SINDICATO NACIONAL DOS EDITORES DE LIVROS, RJ

S498d

Serrano, Marcela
    Doce inimiga minha / Marcela Serrano; tradução Joana Angélica d'Avila Melo.
– 1. ed. – Rio de Janeiro: Objetiva, 2014.

    191p.   ISBN 978-85-7962-322-6
    Tradução de: *Dulce enemiga mía*

    1. Romance chileno. 2. Conto. I. Melo, Joana Angélica d'Avila. II. Título.

14-13536   CDD: 868.99333
                          CDU: 821.134.2(83)-3

Para Verónica Silva, que nos faz tanta falta.

Todos os pecados são tentativas de preencher vazios.

Simone Veil

Sumário

A égua	11
Abricós e abóboras	19
Misiones	25
Charquinho de água turva	35
Sem Deus nem lei	47
A mim me coube a bandeira	63
Cerca elétrica	71
Fêmeas (Um divertimento)	75
Seu norte	79
O roubo	81
Na Bósnia	87
O balneário	91
Outono	101
O homem do vale	105
Doce inimiga minha	125
A testemunha	137
Em cima da borracharia	143
O consolo	159
Mink	165
2 de julho	171
Epílogo	191

A égua

Ana María tinha vinte anos de casada e continuava apaixonada pelo marido. Claro, hoje os dois já não eram um par de lírios, minguados o viço, o vigor e a potência. Ela, porém, sempre dizia que desejava envelhecer ao lado de Víctor e via a deterioração como mais uma fase, intransponível, inevitável, inexorável. Gostava de dizer por telefone à sua amiga Bárbara essas palavras começadas por "in", achava-as potentes e seguras de si mesmas. Apontava a ternura como substituta do desejo e sonhava com cenas tocantes, ambos abraçados na cama de casal, assistindo a um filme em DVD, ou então atravessando a rua de mãos dadas, ele protegendo-a, em alguma cidade diferente, das muitas que ainda desejavam conhecer. Se se empenhasse, a velhice lhes traria uma doçura desconhecida e reconfortante. Mesmo assim, claro, não se resignava à passagem dos anos. Sua aparência havia se tornado sua maior ocupação, ela bem sabia que Víctor era um homem bonito e não lhe passavam despercebidas as ocasionais tendências dele a agir como um sedutor. Ocasionais?, uma vez lhe perguntou Bárbara por telefone e ela se alarmou, depois se aborreceu e ficou uma semana sem ligar para a amiga. Ana María exercitava o corpo com disciplina. Praticava equitação em sua chácara ao lado da cidade. Depois do marido e dos filhos, Baby — a égua — era o ser mais próximo ao seu coração. Ana frequentava a academia quatro vezes por semana, evitava gordura e doces e mantinha uma cuidadosa contabilidade das calorias diárias que ingeria. Além disso, submetia-se a massagens — tanto redutoras quanto de relaxamento — e nunca faltava ao encontro com o cabeleireiro, que incluía a tintura dos grisalhos, o corte, a pedicure e a manicure. Às vezes perdia a paciência consigo mesma e era assaltada pela tentação de se deixar levar, de finalmente se entregar e viver a idade que tinha. Afinal, se era uma opção para outras mulheres, por que não para ela? Mas preferia não se submeter a armadilhas, consciente de que era só isso, uma tentação, e se dizia com paciência, vamos, Ana María, nem todas têm maridos com essa bela aparência como o seu, isso exige cuidados. E depois acrescentava, severa, como resistir ao assédio das mulheres jovens, se eu não lutar contra a decadência?

As *mulheres jovens* eram a nomenclatura para todo ponto no qual pousassem os olhos de Víctor, todo foco que não fosse ela. Eram o fantasma, o medo, o mal. Como as detestava! Tentava se convencer de que eram todas bobas, supérfluas, incultas. Havia chegado a formular uma regra aritmética: quanto mais bunda e mais peitos, menos coeficiente intelectual. Assim se acalmava. E também pensando nos filhos e no quanto Víctor era caseiro, em como desfrutava da vida em comum, da casa tão bonita — e tão cara —, do churrasco aos domingos no jardim, dos filhos com suas namoradas, da perfeita disposição de alguma mão mágica para seu bom viver. Tudo aquilo parecia impossível com uma mulher mais jovem.

E no entanto a ideia de ser abandonada era seu pior pesadelo. O fracasso é como a peste, dizia a si mesma, cheira mal, afasta, afugenta os outros. Ninguém se sente bem ao lado de um fracassado. No começo eles consolam você, mas depois escapam, ela sabia, tinha feito isso muitas vezes.

Ana María gostava muito de sua vida na cama. Voltava a se apaixonar por Víctor a cada orgasmo, testemunhar a luxúria nos olhos dele confirmava que ela era o objeto do amor do marido. (Além disso, parecia-lhe importante sentir a recompensa depois de tanto esforço.) Às vezes, em raríssimas ocasiões, se perguntava se era o sexo o que na verdade lhe agradava ou se era Víctor dedicado ao sexo com ela. Consolava-se serenamente com o fato de que o tempo era longo, hoje em dia podia-se fazer amor eternamente, e de passagem agradecia aos cientistas por terem inventado aquela pílula azul, para o dia em que fosse necessária.

E o dia chegou, antes do imaginado.

Um pequeno tumor na próstata, sim, é preciso extirpá-lo, nada do outro mundo. Assim garantiu o doutor, e Ana María organizou tudo, desde a hora da cirurgia até os papéis do plano de saúde. Uma pequena infecção atrasou a alta após a operação, mas ela não se sentiu desanimada. Acompanhou o marido a cada momento, como uma intrusa, verificando remédios e tratamentos. A enfermeira noturna, uma garota bonita que foi imediatamente classificada por Ana María como uma das *mulheres jovens*, insinuou que para isso serviam as enfermeiras. Ana María calou-a com um daqueles olhares que guardava para as inimigas. Como boa esposa abnegada, deixava a clínica à noite, pouco depois que a impertinente moça começava seu turno, ia dormir em casa e retornava prontamente, às nove da manhã, para se instalar ao lado do marido e conferir o pulso, a febre, a pressão, os medicamentos. Relaxe, meu amor, dizia ele, eu estou maravilhosamente bem.

Víctor voltou para casa são e salvo. Passaram-se vários dias e Ana María sentiu que, junto com a melhora do marido, já lhe cabia obter a recompensa à qual aspirava: a luxúria nos olhos dele. Mas não a encontrou. Deixou passarem mais uns dias e temia perder a paciência, muito estudada porque sempre era confundida com a dignidade. Experimentou o conhecido, aquela camisola preta decotada, o filme francês levemente erótico, a taça de bom vinho na cama, os sussurros ao ouvido. Nada. Pensou se ainda seria cedo, toda operação deixa suas sequelas, e adiou a tentativa. Mas os dias continuaram passando e nada parecia inflamar seu marido. A inquietação começou a invadi-la.

Será que está andando com outra, Bárbara? Me diga, o que você acha?

Ao telefone era capaz de desabafar e pedir ajuda. Pessoalmente, não gostava muito de Bárbara, preferia falar com ela numa ligação. Além disso, quando se encontravam para almoçar, a amiga cismava de reclamar de seus problemas econômicos, e Ana María sentia vergonha por não ser pobre.

Fale com ele.

O conselho de Bárbara foi categórico.

E ela o seguiu.

Víctor, como todo marido, detestava as conversas pessoais sobre a situação do casal, mas dessa vez se submeteu a uma conversa, com uma receptividade incomum. E o que disse foi que sua libido tinha se esfumado, que ele não conseguia entender o que havia acontecido, mas que o tumorzinho na próstata a levara embora.

Não é uma questão só de performance, Ana María, é mais grave... O sexo não me interessa, como se tivessem me operado o cérebro.

Ana María escutou aquilo perplexa. Combinaram que Víctor iria a um especialista. Mas nessa noite, enquanto ele roncava ao seu lado, Ana sentiu no peito uma pequena brisa fresca que lhe pareceu tão estranha que ela optou por ignorá-la. No dia seguinte, quando devia madrugar para fazer sua hora de academia, decidiu continuar na cama, grudou-se ao corpo tão amado de seu marido e disse a si mesma, tudo bem, hoje não vou, e dormiu mais uma hora ao lado dele, quentinha e contente. De repente, aquele corpo se revelou um corpo que não a desafiava.

Decidiu passar o dia na chácara montando Baby, jogar sobre ela sua energia. E tocá-la. Sempre reluzente aquela pelagem quase vermelha, brilhante como a casca de uma castanha, quente o focinho que vasculhava sua mão em busca de um pedaço de açúcar. Perfeita Baby, por isso gostava tanto dela.

Mas, passado pouco tempo, não conseguiu ignorar as sensações que a assaltavam. Foram três as suas reações, uma após a outra.

A primeira: tenho de ser uma boa esposa, prometi estar ao lado dele nos bons e nos maus momentos, cabe a mim a compreensão. É como quando os maridos voltam da guerra, disse a si mesma, claro que o cisto na próstata foi apenas uma pequena batalha, mas as mulheres decentes os apoiam até o final.

A segunda: tenho tanta raiva, todo esse assunto me enfurece, e não vejo que ele esteja às voltas com doutores nem recuperações, afinal acha o quê?, que não deve nada pela impotência, que não tem consequências?, que história é essa de ser a parceira de um homem sem tesão?

A terceira: Quer saber, Bárbara?, eu já não penso as vinte e quatro horas do dia nas mulheres jovens. A falta de libido também as inclui, talvez essa seja a grande solução.

Mas, Ana María, não se supõe que você gosta de sexo?

Sim, mas gosto ainda mais da fidelidade, respondeu com voz segura, percebendo nesse mesmo instante que acabava de fazer aflorar uma verdade que ela desconhecia.

E, de repente, algo muito gratificante a envolveu, como um agasalho de lã numa noite gelada: sentiu que, por fim, tinha o controle da situação. Um marido impotente a gente controla.

Estava pisando em terra firme.

Começou a desfrutar de seu novo status. E a engrandecê-lo. Na verdade, o que dói não é a mudança, disse a si mesma, é a resistência a ela. E se sentiu iluminada, como um monge do Tibete que encontra a harmonia no fluir. Pegou o dicionário da Real Academia e procurou as palavras *celibato* e *castidade*. As definições não lhe convieram e ela preferiu outras mais eloquentes: resignação, sublimação e, continuando com esse som que lhe agradou, liberação.

Vou lhe contar, Bárbara, comecei a arrumar o closet. Quando cheguei à gaveta onde guardo a lingerie, me peguei separando os négligés e as camisolas de cetim e colocando-os no fundo, onde nem os vejo. Bem-vindo, confortável e antiquado pijama de flanela!

Mas, Ana María, vá com cuidado, e se o tratamento devolver a Víctor a energia sexual e ele topar com você na cama vestida como sua avó?

Que tratamento que nada, a libido existe ou não existe, é como a fé. Não esqueça que o problema não é a ereção. E me diga, quem pode lhe inventar uma vontade que você não tem? O importante, Bárbara, é que não é culpa minha. Que alívio!

Sempre ao telefone, sem reconhecer para ninguém que, frente a frente, Bárbara a enfadava, explicou-lhe seu eterno terror à invisibilidade. Aquilo, sim, a assustava, porque então, então sim, Víctor podia deixá-la por outra.

A vida de Ana María começou a mudar. Cada viagem que Víctor fazia por razões de trabalho deixou de ser uma ameaça, um espinho em seu ego, já não havia nada a temer daquela espécie de irmão deitado ao seu lado, terno como uma canção infantil. O insistente sedutor dormia. Ela recordou sua mãe afirmando, a propósito da decadência de um tio que gostava de jogar no cassino mais do que o razoável: ele não se corrigiu; simplesmente ficou sem energia.

As mulheres jovens deixaram de incomodá-la. A vida no lar assumia características de longo prazo, sólida e já moldada como uma jarra de ferro de alguma cultura antiga, ele não escaparia na ponta dos pés ante a insistência da *outra*. O esforço desmedido por manter-se jovem foi cedendo pouco a pouco, a nudez não parecia relevante, para quê tanto trabalho e desvelo? Ter um amante para suprir as carências do marido não estava em seus planos. Bárbara havia sugerido isso, mas a recusa dela foi imediata e inflexível. Não precisava de um amante, não precisava de sexo, já tivera a quantidade suficiente, agora desfrutava de conceitos mais confiáveis, aos seus olhos, do que o desejo. A serenidade. A segurança.

Os filhos notaram essa mudança. E gostaram. Antes, ela havia investido toda a sua energia em máquinas, mãos alheias, diuréticos, produtos magros, litros de água, bisturis, transformando seu corpo em um templo inacessível que tendia a se encerrar em si mesmo e, em âmbito privado, a contorcer-se no escuro como um cachorrinho assustado.

Víctor estava viajando. Ana María decidiu consultar o tarô. Seu recente equilíbrio merecia ser validado. Sonhou com cartas amáveis e leituras apaziguadoras. A própria Bárbara lhe deu as informações e o endereço. Ela partiu para um bairro que nunca visitava, um daqueles que explicam os sete milhões de habitantes atribuídos à cidade. Preparou-se meticulosamente para não se perder, até pediu a um dos filhos que lhe mostrasse o local no mapa do Google. Saiu de casa com antecedência, não devia chegar tarde àquele encontro que tanto lhe custara conseguir. Apreciou muito a vista tão próxima da cordilheira nevada que a distraía quando ela voltava o rosto para a esquerda do volante, nessa clara manhã do final do outono. Enquanto dirigia rumo ao oeste, pensou em quão reduzido era seu percurso diário, seu próprio olhar urbano, e prometeu a si mesma, com otimismo, que remediaria isso. As pessoas como eu vivem com uma espécie de venda, pensou com severidade, considerando que aquilo não podia ser positivo.

Ao chegar no lugar indicado, consultou o relógio de pulso e compreendeu que estava adiantada. Pensou que as mulheres que trabalhavam nunca apareciam em seus compromissos antes da hora. Quinze minutos. Bom, vou ouvir rádio, disse a si mesma, abandonar o carro para quê?, sentia-se quentinha e aconchegada naquele espaço fechado. Nesse instante, seu celular tocou. Ela demorou a encontrá-lo dentro da ampla bolsa de couro, e o som lhe pareceu gritado e estridente no meio daquela calma.

Mamãe! Baby fugiu!

Era sua filha mais nova, ligando da chácara.

O quê?

Juro que é verdade, mamãe, ela fugiu do estábulo e não foi encontrada.

Como pode ter fugido, o estábulo não tem portão?, disse Ana María, contendo a raiva.

Deu as instruções cabíveis. Achou muito estéril a chamada da filha, como se ela, da cidade, pudesse fazer algo diante da fuga de uma égua, minutos antes de entrar para consultar o tarô. Mas não era uma égua qualquer, era *sua* Baby. Negou a ideia, fechou a mente ante algo que escapava ao seu controle. Baby estava bem, decidiu, intuindo a existência de certa segurança deformada na dor conhecida. E isso lhe parecia novo demais.

Para acelerar os minutos que faltavam, concentrou a vista nas casas da calçada fronteira. Eram edifícios modestos, mas dignos, todos muito parecidos entre si, emparelhados, as fachadas de cimento pintadas de um branco antigo e mortiço, os pequenos pátios de entrada limpos e bem-varridos, as cortinas — embora com mínima elegância — pendiam como Deus manda. Imaginou cozinhas pequenas, provavelmente com forte cheiro de comida e um pouco desarrumadas, mas acolhedoras. Os dormitórios devem ser sufocantes de tão apertados e os banheiros devem ter linóleo em vez de cerâmica, mas certamente são ventilados e a limpeza, fácil. Recordou que em certa época quisera estudar arquitetura. Distraída, avistou a certa distância uma figura que lhe pareceu vagamente familiar. Mas se eu não conheço ninguém desta parte da cidade, repreendeu-se. No entanto, à medida que a figura se aproximava, ela reconheceu aquela enfermeira impertinente da clínica onde Víctor havia sido operado. Uma das muitas *mulheres jovens* que a torturavam em sua antiga existência. Que estranho vê-la de novo, pensou Ana María, ela deve morar por aqui, que bom olho eu tenho, reconheci-a mesmo sem o uniforme. É bem bonita, embora eu já tenha pensado isso quando a vi no hospital, não nego que me incomodou de imediato. Tudo isso Ana María disse a si mesma enquanto a mulher na calçada fronteira se detinha um instante, deixava a sacola de pão que trazia numa das mãos sobre a grade de um jardim e com a outra mão remexia na bolsa, procurando as chaves, supôs Ana María. Olhou bem o número da casa, não, não era aquela para onde ela se dirigia, não era o lugar do tarô, felizmente. E, antes que a enfermeira conseguisse encontrar a chave, a porta de sua suposta casa se abriu. Um homem mais velho, calçando chinelos e metido num roupão, alto, maciço e de cabelo claro, um homem bonito, chamou-a.

Meu amor!

Quando a enfermeira levantou o rosto, sua expressão se suavizou e em um instante ela correu para os braços dele.

Ana María demorou alguns segundos para reconhecer o homem que chamava a enfermeira. Apenas o que uma mente demora para se dar conta da realidade.

Ao longe, acreditou escutar o relincho de uma égua.

Abricós e abóboras

Tudo se resumia a uma questão de abricós e abóboras. Como se a vida fosse uma horta. Mas essa foi uma reflexão posterior.

Leticia abria os olhos a cada manhã, olhava o jardim através da janela, concentrava-se no verdor das folhas da laranjeira e sentia um golpe de energia, como se alguém lhe apontasse uma mangueira e o jato de água gelada penetrasse cada resquício de seu corpo. Nunca abandonou a cama de má vontade, nunca aquele vago mal-estar matutino, aquele que confirma que somos quem somos, que aqui estamos sem alternativa. Na cozinha, ao lado da cafeteira, mantinha as listas: cada noite, antes de se deitar, escrevia as atividades do dia seguinte; quanto mais linhas anotadas, mais sentido a jornada adquiria. Era uma mulher muito resolutiva, esmagadoramente eficiente. Frenética, poderíamos qualificá-la, quase exuberante em seu perpétuo movimento. Não demorava no banheiro mais do que o necessário, uma ducha rápida e fortificante, um toque de batom nos lábios. Pegava a bolsa de couro, repleta de papéis — os que iria resolvendo nas próximas horas —, e, ainda sentindo a pulsação que lhe era transmitida pelo pedaço marrom de terra molhada que, ao despertar, ela via sob a laranjeira, abandonava a casa e enfrentava as ruas, ignorando a triste humanidade decaída. Todo semblante lhe parecia amável. Voltava tarde, esgotada, mas com o dever cumprido. E, enquanto saboreava o último café do dia, alguma frase de suas amigas lhe passava pela cabeça. Às vezes tachavam-na de antiquada, cansavam-se de lhe repetir que a vida moderna, por mais hostil que fosse para tantos habitantes, tinha suas conveniências, como, por exemplo, mover-se menos pela cidade e resolver questões on-line. Leticia navegava bem em seu computador e nas horas de ócio adorava vagar pela rede e fartar-se de vidas emprestadas, de informações desconhecidas, de surpresas ofertadas. Mas acreditava firmemente que uma conta se paga em um escritório. Uma carta se manda pelo correio. A comida se adquire no supermercado. Os sapatos se consertam no sapateiro. Um depósito se faz no banco. Os textos — revisar provas era seu ofício — se entregam em mãos. Discute-se com palavras cara a cara, e não pelo ar nem por esse espaço sem rosto nem certezas. E os melhores dicionários estão na editora, e é ali que ela faz seu trabalho, e não em um aposento da própria casa, onde a cada canto as distrações surgem. Enfim, Leticia julgava suas amigas um pouco preguiçosas, mas o fazia brandamente, sem raiva. Recordava relatos de gente excêntrica que se isolava, pessoas que se encerravam em suas casas sem sair, inclusive a história de uma mulher meio louca que foi morar no terraço de um edifício e nunca mais desceu. O mundo está aí fora para ser devorado, dizia Leticia, e não para nos escondermos dele. Junto a seu lar no térreo, apalpando o nível da terra que cobria suas plantas, sentia algo que lhe custaria explicar: o peso. Esse peso necessário, essa lei da gravidade que lhe evitaria sair disparada.

Assim viveu até o dia em que os diretores de uma construtora bateram à sua porta. Foi informada de que todos os proprietários das casas de seu quarteirão haviam concordado em vendê-las — a bom preço — para que se instalasse ali um edifício de apartamentos. Se ela se negasse, permaneceria sozinha e isolada entre enormes blocos de cimento, recordando uma vida que já não existia. Embora quisesse reclamar e espernear, compreendeu que sua sorte estava lançada e, submergida no descontentamento mas sempre altiva, partiu em busca de um lugar para morar. Em pouco tempo tornou-se evidente para ela que as casas não seriam uma opção: ou eram excessivamente grandes, ou requeriam muitas medidas de segurança, ou eram caras demais. E as mais bonitas ficavam longe, em bairros muito afastados. Entregou-se à ideia de mudar o desenho de sua cotidianidade e comprar um apartamento.

Encontrou um edifício totalmente a seu gosto, num bairro residencial de árvores frondosas e calçadas amplas, por onde passeavam idosos com suas enfermeiras e jovens mães com seus carrinhos de bebê. A altura acabou de convencê-la: eram apenas seis andares (a ideia de um edifício muito alto a angustiava, dava-lhe vertigem imaginar-se olhando o mundo a partir de uma grande elevação). O último andar estava à venda: a cobertura. Isolada em seu pequeno cume, sem vizinhos imediatos, sem sons ao lado nem acima, rodeada de espaçosos terraços, ninguém pisaria em seu teto, ninguém a invadiria com o ruído bobo da televisão, ninguém a espiaria de uma sacada vizinha. Sua independência era bonita. Leticia, que ainda chorava por sua antiga casa, achou que, dentro da infelicidade que a aguardava, pelo menos aquele lugar tornaria sua vida mais tolerável. Comprou-o e se instalou.

Durante os primeiros dias, experimentou continuar com a rotina de sempre. Apenas abandonava o apartamento um pouco mais tarde do que de costume, porque se entretinha contemplando as novas plantas — agora em vasos, não mais em terra firme — com que havia povoado os dois grandes terraços. A irrigação automática fazia o trabalho por ela, não precisava perder tempo regando-as, mas só as olhando. Eram tão bonitas! Três grandes vasos abrigavam três laranjeiras, afinal era indispensável contar com um jardim? Após um tempinho, repreendia a si mesma, como você está ociosa, Leticia!, e saía para começar sua jornada agitada. Quando completou uma semana no apartamento novo, percebeu que não só demorava para sair de manhã como também que, além disso, chegava mais cedo à tarde. É que, enquanto se dedicava a uma de suas muitas providências, recordava a luz dourada que a certa hora caía sobre sua sala de estar, e se apressava para não a perder. E a vista, a vista para a cordilheira era privilegiada, vermelhos, roxos, azuis, os montes mudavam constantemente de cor, como ignorá-los?

Uma manhã, enquanto bebia o café na cozinha nova, pensou que devia mobiliar aquele aposento que ela deixara vazio por não saber ainda que uso dar a ele. Com a xícara na mão, dirigiu-se para lá e examinou-o do vão da porta. Um escritório, refletiu, é perfeito para um escritório, mas de imediato respondeu a si mesma, e para quê eu preciso de um escritório, se trabalho fora de casa?, talvez para instalar o computador?, pensarei nisso no fim de semana, agora não tenho tempo, e partiu apressada, como sempre. Mas na manhã seguinte, em vez de sair, resolveu arrumar o aposento. A concentração que empregou em torná-lo um lugar agradável fez com que, muitas horas depois, ela olhasse o relógio e se desse conta de que já não valia a pena sair. Naquela noite engrossou sua lista, acrescentando-lhe as "faltas" do dia anterior. Mas, quando a releu na manhã seguinte, enquanto bebia a segunda xícara de café, compreendeu que não conseguiria cumprir tantos objetivos, e então pegou o telefone e dessa forma resolveu vários itens.

No segundo fim de semana que passou na cobertura, ficou tão à vontade que, em vez de ir às compras, telefonou ao supermercado para que lhe enviassem o pedido. Reconheceu em seu íntimo as praticidades às quais as amigas aludiam e acreditou merecer deixar-se levar por elas uma vez ou outra. E, quando chegou a segunda-feira, aproximou-se do aposento que havia transformado em escritório e pensou, com certa timidez, que tal se eu experimentar trabalhar aqui, só por hoje?

Ao entardecer, sentada no terraço que dá para seu dormitório, observando o verdor das folhas das três laranjeiras em seus vasos, Leticia não sente o tempo que avança como um relógio cansado. Invade-a uma estranha plenitude, até então desconhecida, um novo bem-estar que é calmo, que é sereno, com instantes de uma quietude profunda e extraordinária que até então ela nunca desfrutou. Tal pensamento a leva a outro, e ela se pergunta qual é a índole do equilíbrio. O momento de perfeição é muito curto em uma vida, diz a si mesma. Um abricó, visualiza a forma de um abricó quando ainda é uma fruta pequena e dura, de um verde incerto. Depois amadurece: esse é seu instante de perfeição, quando suas cores se tornaram amarelas e rosadas, quando sua carne se abrandou. Mas esse momento não dura: a natureza se encarrega de encurtar suas proporções e harmonia, de fazê-lo murchar muito depressa e de apodrecê-lo, mais tarde, até chegar ao aniquilamento embaixo da terra. De todas as frutas, o abricó deve ser o de vida mais curta, afirma Leticia. Então recorda as abóboras. Nelas o tempo de juventude é longo, aspiram desesperadamente a crescer e a ganhar peso, agarradíssimas à terra. Sua realização máxima é o peso. Quando o alcançam, ao amadurecer, começa de imediato o descolamento, e tudo o que anseiam é esvaziar-se e perder esse peso. Leticia acha que em ambos os estados a abóbora é sábia, que depois de adquirir o peso não há melhor ideia do que a de aliviar-se até ficar quase insubstancial ou imperceptível.

Levanta-se, vai até o dormitório e pega o telefone para avisar à editora que de agora em diante trabalhará em casa e enviará por correio eletrônico as provas corrigidas. Mais tarde, entra no site de seu banco e solicita que todas as suas contas sejam pagas por débito automático. Amanhã ligará para o supermercado e pedirá uma entrega semanal. Também exigirá da lavanderia que passem para buscar a roupa. Quanto aos sapatos: no momento não precisa deles, algum dia mandará trocar a sola.

Misiones

E tudo por culpa das Cataratas do Iguaçu.
    Ele disse chamar-se Mohamed Azir. Nuvens poeirentas de história atávica cruzavam sua expressão, como se cada antepassado lhe tivesse legado uma tempestade de areia. Seus olhos eram redondos, vivos, negros, um negror tão denso como o de um veludo antigo. Assim era Mohamed.
    Junto com a mochila eu carrego, à minha revelia, alguns defeitos: um deles, o de informar demais o interlocutor sobre mim mesma. É uma tendência vã e inútil; afinal de contas, a quem importa saber qual a verdadeira vocação, o trabalho, a família, ou, se formos detalhistas, a essência de quem está à sua frente? Pois bem, ali estava eu, instalada num assento de courino preto no ônibus que me levava do aeroporto de Ezeiza ao de Aeroparque, presenteando dados biográficos que eu bem poderia calar.
    Estudo literatura. Sim, literatura hispânica.
    Que coincidência agradável!, foi a imediata reação dele, e em seguida acrescentou aquela frase que tantos repetem e que eu tanto temo: estou escrevendo um romance. Mais um. O mundo, ante meus olhos, chegou a se dividir em dois: os analfabetos (que a cada dia são menos, nessa parte do mundo) e os que desejam ser escritores. Como se não houvesse meio-termo: ou você não sabe escrever, ou quer escrever tudo. Então, não é estranho que as únicas duas pessoas que desceram do avião vindo de Santiago, desdenhando uma estada na capital da Argentina, fossem um virtual projeto literário. Pelo menos, assim acreditei naquele momento. E também me pareceu natural compartilhar o assento com ele a caminho do Aeroparque.
    — E não vai parar em Buenos Aires?

— Por acaso *todos* os chilenos devem parar em Buenos Aires?

— Todos gostam de fazer compras.

— Fazer compras me enche. Além disso, não tenho grana.

Não existe estudante rico. Talvez no Principado de Mônaco, mas não entre as pessoas comuns e normais. E esse dinheiro da viagem eu tinha ganhado com dificuldade. Resultado de uma dica de um amigo de um amigo, vocês sabem, aquilo de sempre. A agência publicitária precisava de uma mulher jovem para recitar umas frases à verdadeira protagonista do comercial sobre as maravilhas de um novo detergente. Só apareci dez segundos na tela, mas marcaram reunião comigo várias vezes, desde o casting até a tomada final, e o dia da filmagem me pareceu eterno: a atriz principal, a que ganhou dinheiro suficiente para ir à Alemanha se quisesse, e não para o outro lado da cordilheira como eu, trabalhou menos da metade do tempo do que dispuseram de mim, a iluminação estava pronta à sua chegada, ela não precisou ensaiar, fez tudo muito bem, de primeira, e foi embora. Bom, não me queixo. Graças a isso, pude seguir as pegadas de Horacio Quiroga e me dar ao luxo de tomar dois aviões e, sem parar no caminho, voar direto para Misiones.

Misiones: uma palavra cuja simples entonação evocava em mim um universo.

No primeiro avião, ele já me viu. E eu o vi.

O objetivo de sua viagem, segundo me disse, eram as Cataratas do Iguaçu. O que você perdeu no rio Paraná, Mohamed? Como um folheto de turismo, me pareceu. Sempre o turismo. (Eu o odeio. E também os turistas. Nego-me a aceitar esse movimento para conhecer o mundo. Ou você viaja como Paul Bowles, ou é melhor ficar na pequena província de sempre. Meu pai acrescenta esta minha opinião à lista do que ele chama de meus "pedantismos". Não importa, se eu não for pedante agora, vou ser quando? Vejo os aeroportos como enormes máquinas que engolem energia, concentração e tempo em vez de moedas; os aviões, umas caixas impossíveis, herméticas e insalubres, e ainda por cima apertadas e desconfortáveis, onde é permitido se embriagar, mas proibido fumar. As filas nos museus, os mapas, as aglomerações, os caixas automáticos que não aceitam justamente o tipo de cartão que você tem, o superego desdobrando-se ante a arquitetura e a história, para não falar dos best-sellers, quer se chamem Torre Eiffel, Acrópole, Palácio de Buckingham ou Coliseu. Difícil deixar-se seduzir pela perspectiva das múltiplas câmeras japonesas, de fotos ou filmadoras, ou seja lá o que forem, e pela convivência estreita demais com todos aqueles que, de volta para casa, olham o mundo através da lente. Acrescentemos o frio horrendo ou o calor insuportável... O fato de nossas férias aqui no Sul coincidirem com as temperaturas exageradas que não conhecemos em minha terra acaba sendo lamentável.) Enfim, todo esse longo parêntese para explicar o quanto me pareceu inconcebível que alguém se dirigisse a Porto Iguaçu para ver as cataratas como objetivo absoluto e final. É coerente desviar-se para um lugar determinado quando o percurso geral é vago, poético, e só o destino aproxima você do óbvio. Mas a obviedade nua, Deus me livre dela! E foi isso o que pensei de Mohamed e de sua ambição única de olhar as cataratas do Iguaçu.

Também me interessa o fenômeno das três fronteiras, acrescentou ele, como se lesse meu pensamento. Bom, de acordo, é curioso que exista esse ponto em um continente de terras enormes e algumas ainda desabitadas, três países numa esquina. Poderíamos ir juntos, ele me sugere, já voando para Misiones. Eu explico pacientemente que o que me atrai é a selva atlântica e que, lentamente, quando eu sentir que chegou a hora, me aproximarei das cataratas, sempre na Argentina. O lado brasileiro é o mais bonito, insiste ele, o que é uma injustiça, continua, já que a Argentina fornece as cataratas e o Brasil, a vista. Não sei como fazê-lo partícipe do meu desejo, o de me aproximar de Horacio Quiroga, do canto dos pássaros em guarani, do melro, do anu-branco, do pica-pau, da calhandra, do caminho que farei de Porto Iguaçu até San Ignacio, quase ao chegar à capital de Misiones, a sessenta quilômetros de Posadas, para encontrar, junto às ruínas jesuíticas, a casa que ainda está de pé e onde viveu o meu Quiroga. Mas ele insiste, procura me convencer a acompanhá-lo. É divertido, disse, poderemos pisar em três países no mesmo dia, como se estivéssemos na Europa. Vamos comigo até o Paraguai, para Ciudad del Este, atravessamos por Foz do Iguaçu, no Brasil, e depois voltamos à Argentina, o que você acha?

— O que você leva aí, que parece lhe importar tanto? — perguntei, mudando de assunto.

Desde que o avistei na primeira vez, saindo de Santiago do Chile, Mohamed nunca soltou sua pasta. É uma maleta retangular verde-escura que imita couro e que me lembra das antigas 007 que caracterizavam a bagagem dos executivos. Não preciso dizer que a esta, que Mohamed acaricia e agarra, não daríamos tal etiqueta, ela é mais informe, mais gasta, mais barata e mais feia do que as de antigamente.

— Meu manuscrito.

Quando ele disse isso, apareceu algo como um relâmpago em seus olhos, uma centelha, não sei exatamente o quê, mas refulgia. Pensei, meio perturbada, quão firme era seu desejo de ser romancista.

— E por que o traz?

— Porque não gosto de me separar dele. Além disso, espero trabalhar nos momentos livres, sabe como é, já estou nas correções.

Sua resposta me pareceu de enorme candura, e mesmo assim a réplica veio descontrolada de minha parte.

— Um voo de avião é o máximo dos "momentos livres", por que não aproveitou?

— Porque prefiro conversar com você.

Mentirinha. Durante o trecho Santiago-Buenos Aires ele ainda não me abordava, e não o vi abrir a maleta nem uma só vez. Mais ainda, nem sequer pegou um livro durante as duas horas, sempre que meus olhos toparam com sua figura, esta se abraçava ao manuscrito. Recordo ter pensado, ao fitá-lo, em algo distante, comovedor; ele evocava um estranho anseio, uma plenitude, como um trem de brinquedo que, com a corda já dada, cruza sincera e tranquilamente as montanhas.

Depois mencionou o chuvisco que as cataratas desprendiam de longe e como, de perto, poderíamos nos deixar salpicar, até mesmo nos molhar, por essa força colossal da queda d'água. Acrescentou algo sobre fenômenos de física que eu não registrei. Falava em um tom tal que, sem ser monótono, relaxava cada vértebra da minha coluna, como dedos experientes que sabem abordar com exatidão um músculo dolorido. Ao mesmo tempo, algo na solidez de sua voz resultava convidativo, como uma embalagem de presente. Pensei no complexo de Electra, em como damos a vida por um pouco de proteção.

Calculei que o tatu-canastra, essa espécie de cágado que alguns humanos insistem em transformar em ensopado, ainda não apareceria, pois faltava para uma noite de lua. Contava com muito tempo.

Misiones e a umidade não somente se irmanavam, eram amantes simbióticas fundidas uma na outra. Claro, eu contava com essa informação, havia lido isso, mas que diferente foi senti-lo!, tal como sucede com tudo o que se aprende na vida a partir do nível do intelecto. O caminho do pequeno aeroporto até a cidade, sentados no ônibus Mohamed e eu, foi uma lenta adaptação das retinas à cor verde, aterrorizadas, as minhas, pelo risco de saturar-se e passar por alto um tom. Jacarta, disse Mohamed, como referência. Huatulco, retruquei, e, para não contradizer meu pai quanto ao pedantismo, acrescentei: antes de chegarem os turistas. Graham Greene, disse ele. Horacio Quiroga, respondi. Então ele começou a organizar seu convite: primeiro, Ciudad del Este, está vendo?, e apontou, aquele é o rio Paraná e aqueles morrinhos, o Paraguai. E lá, adiante, está o Brasil. Tão próximas as três fronteiras, repetiu. Recordei um artigo que eu havia lido sobre Ciudad del Este quando ainda se chamava Ciudad Stroessner. Um inferno, essa era minha lembrança, nenhum detalhe na memória, só isto: um inferno. Uma cidade não cidade, um lugar de merda. E com esse nome! Claro, se de megalomania se trata, até pouco tempo atrás houve uma Leningrado, mas esta se revestia de ares de tal grandeza, relacionados com a valentia, com uma cultura e uma arquitetura extasiante, que, ao evocar seu nome, as pessoas se faziam menos perguntas, talvez por culpa do cerco ou do Hermitage. De qualquer modo, somos mais condescendentes ao honrar um homem que transformou a história, ou que pelo menos deu rumo a todo um século, do que um milico abrutalhado que, se a questão for de rastros, teríamos de procurá-los entre suas vítimas nos cemitérios. Bom, falando de vítimas, também existiu Stalin... mas pelo menos, afora a maldade, ele ganhou uma guerra mundial, o que não é pouco. Bom, não vou continuar com isso dos nomes delirantes, não é o objetivo deste relato. Só quero deixar claro que houve cidades designadas pelo nome de monstros maiores e outras pelo de monstros menores, e Ciudad Stroessner é uma destas últimas, se não a única.

— Dizem que se transformou num lugar perigoso — comento com meu acompanhante.

— Que nada! — exclama ele, tirando todo o peso das minhas palavras.

— Sim, acredite, eu li isso. Muitos árabes, para o gosto norte-americano, dizem que a grana para o terrorismo passa por ali, e que a Al-Qaeda... você sabe. Muito gringo controlando o lugar.

Ele não pareceu me escutar, concentrado como estava em absorver a paisagem. As palmeiras abertas e os pinheiros retos como a justiça o distraíam dos meus comentários.

O tordo já cantava quando subimos em umas motocicletas antiquadas — pareciam muito frágeis — que por um real nos levavam a Ciudad del Este, fazendo arriscados malabarismos para avançar entre a multidão composta por todo tipo de veículos e pedestres. Por uns poucos milímetros não esbarramos na enorme caravana (eu olhava, alarmada, como Mohamed se agarrava à maleta com o manuscrito, mais do que ao condutor). No entanto, o mais forte foi a sensação que me invadiu ao chegarmos ao centro da cidade: tudo o que me rodeava era uma demência. Isto aqui é como a Índia ou Bangcoc (em sua versão feia), este lugar não é latino-americano, nosso continente é vasto demais para conter tanta população em tão poucos quilômetros quadrados. A arquitetura me pareceu precária, passageira, construída sem pé nem cabeça. Aqui há algo de derrota, eu me disse em absurdo silêncio interior, como se pudesse coexistir com os gritos dos vendedores ambulantes, as buzinas do trânsito embrutecido, o assédio em cada ponto de vendas, o brilho dos equipamentos Sony e o dourado dos tênis Puma que não eram Puma, estes atraídos pela poeira impiedosa e pelo pavimento e por um calor dos diabos, com a correspondente umidade. Como numa Torre de Babel, caminhávamos entre um quiosque e outro, captando trechos de espanhol, de português, de guarani, até de árabe. Não consegui divisar uma árvore, nem uma sequer.

 Meu desânimo aumentou quando observei e percorri esse pedaço de terra que dava a impressão de nunca haver procedido de uma cultura amante do sossego. E pensei que até o espírito mais vital murcharia, submetido a um regime de excesso: de ruído, de cobiça e de sol.

 Mohamed me mostrava tudo aquilo cheio de entusiasmo e diversão, como um menino que não percebe as sombras. Volta e meia se entretinha em alguma loja de discos piratas ou de óculos das marcas mais elegantes, e conversava com algum habitante local. Não comprava nada, mas me deu a impressão de que seu sangue árabe o impedia de ignorar todo aquele regateio entre cliente e vendedor. Quando por fim ele me tomou pela mão e nos encaminhamos para comer algo numa rua afastada do caminho, eu lhe agradeci, mais do que pelo cansaço ou pela fome, por um impulso ingovernável que me chamava para escapar dali. Deixava-me guiar, cega e absorta, como se houvessem me tirado o entendimento. Imaginei que, se por alguma razão tivesse de ficar morando nessa cidade, eu não demoraria a perder o juízo.

 Quando Mohamed, com a fome saciada e a sede satisfeita, decidiu que nos registrássemos naquela pequena pensão e descansássemos, não ofereci resistência. Exausta, sentia predominar em mim a certeza de que já não era dona de mim mesma, como se aquela cidade tivesse envilecido e perturbado minha vontade. E quando a mulher de meia-idade, com um filete de ouro em dois dentes dianteiros, nos apresentou o quarto, tão cinzento e triste como tudo o que a rodeava, mostrei-me agradecida como se ela nos tivesse levado para uma suíte de hotel de luxo. Não me preocupei em dividir o quarto: o brilho aveludado dos olhos de Mohamed havia desaparecido. Ele deixou a pasta no chão, deitou-se vestido na cama e adormeceu. Eu fiz o mesmo. Antes de me entregar ao cansaço, notei que as paredes não eram cinzentas, mas de uma cor verde-água muito suja, e olhei pela janela. Só consegui perceber a mudança da atmosfera, a retirada do sol dando passagem a uma luz leitosa e às primeiras gotas de chuva.

Horas mais tarde, despertei de forma violenta e inesperada. Um enorme sobressalto me obrigou a compreender que aqueles golpes não faziam parte do meu sonho. Ao abrir os olhos, não consegui distinguir bem onde estava nem em que situação me encontrava. Só percebi uma ausência. A cama era toda minha. Não, não era um pesadelo, de fato estavam batendo à minha porta. Batiam e gritavam em algum idioma que não era nenhum dos que eu tinha escutado durante o dia, nem espanhol, nem português, nem guarani, nem árabe. Demorei anos para encontrar o interruptor da lâmpada da mesa de cabeceira, como acontece com cada quarto onde dormimos pela primeira vez, recordando-nos o quanto são automáticos os movimentos num espaço conhecido. Mas de nada me serviu, a luz ou sua falta não variaram os acontecimentos. Sem conseguir reagir, meu assombro e eu. A cena parecia tirada de um filme ruim de tevê, daqueles domingueiros que anunciam socos contra tiros. Meu grito me ensurdeceu mais do que os deles, os daqueles dois homens que, pistola na mão, cobriam meu campo visual.

Tudo aconteceu com uma rapidez estonteante. Perguntavam por Mohamed. Só então compreendi que falavam em inglês. Um deles, mais para baixinho, atarracado e com uma feia barba ruiva de alguns dias, se lançou ao chão e esticou o pescoço vermelho embaixo da cama, proferindo palavrões. The money, exclamava ou perguntava ou insultava, the money. Remexeu tudo o que estava ao seu alcance, lençóis, mantas, mochilas, repetindo aquele estribilho ante meus ouvidos incrédulos e meu corpo desalentado. De que dinheiro ele falava, o que queria aquele homem? O outro, louro e muito fornido, um pouco menos feio do que seu colega mas igualmente aterrador, me apontava a arma lá da porta, me controlando, como se eu pretendesse enfrentá-los. Surpreendeu-me a calma que reinava naquela casa que oferecia alojamento, como se meu grito gutural a tivesse deixado indiferente. Ninguém se importava com aquele vexame? Logo entendi que não viriam me defender, mas a angústia por esse fato não durou muito, porque eu também soube, como por instinto, que eles não me tocariam, que eu não lhes interessava em absoluto. Até pareceram acreditar quando lhes expliquei, eles já com as pistolas de volta à cintura, que não tinha a menor ideia sobre o paradeiro de Mohamed e que de fato eu o conhecera na véspera, no avião.

Registraram tudo.

Petrificada durante horas, não consegui me mover, nem sequer fui capaz de mudar minimamente a posição em que havia ficado. O quartinho verde-água daquela casa de Ciudad del Este guardou cada efeito do total caos em que o deixaram, como um cenário vulgar de papel machê que mais tarde, talvez, eles voltariam a ocupar. Maltratada como uma borboleta noturna quando o dia já chegou, via-se a maleta vazia do meu amigo, como às vezes os sapatos de um menino morto ao lado de sua cama. Recordei as tempestades de areia em seus olhos.

Fugi daquele lugar horrível às primeiras luzes da manhã. A mulher dos dentes frisados de ouro ouviu meus passos e, envolta em um puído roupão azul, saiu para se despedir de mim. Quando perguntei se lhe devia dinheiro, respondeu que Mohamed já pagara na noite anterior. O tom de suas palavras, com um toque de sotaque estrangeiro, foi amável e confortador, e eu me comovi, como se ninguém jamais tivesse me tratado com simpatia. Imaginei que aquele era um dos efeitos da noite passada e do pavor. Como se quisesse alongar o instante para que não se dissolvesse, olhei-a significativamente, talvez com cumplicidade.

— Pelo menos, conseguiu levar o manuscrito.

— O manuscrito? — perguntou ela, como se eu lhe falasse de algo extraordinário e desconhecido.

— Sim, o que carregava na maleta — afirmei —, não se separava dele.

— Ah, o manuscrito — uma faísca em seus olhos, algo muito tênue mas presente, delatou-a. — O manuscrito — repetiu.

Desconcertada, encarei-a, em silêncio. E ela não conseguiu resistir: levou as mãos à boca para esconder a gargalhada, mas esta abriu caminho por conta própria enquanto ela desaparecia atrás de uma porta.

Mais tarde me perguntei, já me embrenhando na selva do lado argentino, quantas conotações uma gargalhada poderia ter. Mas não quis saber de respostas. Afinal, de todo modo minha inocência tinha os dias contados.

Charquinho de água turva

Intranquila e selvagem, demonstrando quão mesquinha pode às vezes se tornar a serenidade da noite, a roupa dançava sobre a mancha de escuridão: um vestido azul-celeste com duas fileiras de botões de nácar no busto, e na cintura uma faixa de cetim com incrustações de concha de madrepérola, como as últimas plumas de um travesseiro celeste. Insistia em arredondar o espaço com movimentos quase obscenos, movendo-se da esquerda para a direita, da direita para a esquerda, levantando os vaporosos godês da saia até em cima, mostrando as coxas, até embaixo, vislumbrando o traseiro, para cima, para baixo, pum-paf, paf-pum, e tim-tim, como soava o nácar dos botõezinhos enquanto o pano azul-celeste os segurava, firme, não me escapem, pequeninos, neste desenho a presença de vocês é fundamental, brinquem, saltem, mas nem pensem em partir e me abandonar. Na lateral da saia, na borda, duas fileiras de renda branca escura — aquele branco das tardes de domingo estival na cidade —, aquele branco e não outro era o que fechava e obrigava os godês de organza azulada a impor certo sossego, presenteando ao vestido importantes cotas de fantasia um pouco romântica, um pouco doméstica.

Na segunda-feira, entre as pilhas de pastas de declarações de renda pertencentes a seres distantes e desconhecidos, cuja existência era para ela apenas virtual, uma forma nebulosa apareceu enlameando os algarismos sobre o papel verde-claro, tão feio esse verde em que seu chefe era viciado, um verde borrado e insosso, que a ela, após quatro ou cinco horas de trabalho, chegava a entontecer, e à tontura se acrescentava um zumbido incômodo que pretendia lhe insinuar, pouco a pouco, que sua vida se tingia frequentemente com aquele mesmo tom mortiço, e que o tempo passava. Inexoravelmente, acrescentaria dona Rosario, que adorava coroar tudo com algum lugar-comum. Esse verde-claro. Não levou mais de um instante para reconhecer a forma nebulosa que ousara se misturar entre os algarismos das pastas: era o vestido azul-celeste com o qual havia sonhado.

(Tudo começou naquela manhã — um mês atrás —, quando ela tomou o micro-ônibus na esquina de sua casa. Sempre o mesmo veículo, às sete e meia em ponto, com ou sem luz, com ou sem sol, chovesse ou relampejasse, sem importar nada a intenção da natureza de repelir ou de dar cálidas boas-vindas. O único fato especial desse percurso foi a visita, violão na mão, de um rapaz pobre e enfermiço, bastante sujo e mal-vestido, que, madrugador, começou a oferecer canções aos passageiros. Quando ele se aproximou de seu assento e começou a cantar — sempre ia sentada, porque a parada principal, de onde partia o micro-ônibus, ficava a poucas quadras de sua casa —, ela teve um sobressalto. A essa hora, aturdida, não recordava nada de seus delírios noturnos, mas ao escutar a voz do rapaz, que falava de um sonho com serpentes, deu-se conta de que também tivera um sonho, o primeiro de todos: dentro de um enorme e abismal espaço vermelho-cinabre, dançavam, como pequenos planetas, botões e mais botões. Milhares de botões de diversos tamanhos, cada um por si, irremediavelmente descasados, executavam uma estranha e quase macabra dança na órbita, desesperados por mostrar — a quem? — sua própria originalidade: o nácar, o azeviche, a concha de pérola, a madeira, o osso. Inclusive um pequeno impertinente, escondido lá atrás, ousou expor seu plástico. Essas imagens golpearam o cérebro dela às sete e meia da manhã como se fossem o resultado de algo terrivelmente novo, e não de um sonho já sonhado. Não se tratava das serpentes de Silvio,* não, mas o temor dessa lembrança lhe sugeriu que elas poderiam ser mais perigosas. Estava convencida de que, se o rapaz com

---

* Provavelmente a autora se refere à canção "Sueño con serpientes", do poeta e compositor cubano Silvio Rodríguez (1946-). (N. T.)

o violão tivesse entrado no micro-ônibus seguinte, o sonho teria permanecido no esquecimento e sua vidinha, sem dúvida alguma, em paz.)

Com o vestido azul-celeste nas retinas e nas têmporas, naquela tarde despediu-se do senhor Jaime às seis em ponto, deixando, como a cada dia, sua escrivaninha exageradamente arrumada — como se no dia seguinte não fosse desarrumá-la outra vez —, o tinteiro ao lado do computador, a pena quase encostada ao teclado — a tecnologia não é tudo, senhorita, certos trabalhos nesse escritório devem ser executados à mão —, a pesada calculadora tão demodê em seu cinza-aço e seus números enormes, as pastas de papelão delgado, muitas pastas, todas numeradinhas, com seus códigos de identificação e seus papelões amarelentos, por que os fabricantes confeccionavam um amarelo assim?, se ao menos insinuasse a nobreza da passagem do tempo, mas, não, ao sair da fábrica já parecia ter cem anos, como aquelas paredes também esverdeadas por algum resto de umidade, como tudo o que aquele escritório de contabilidade engolia. Toda tarde, antes de se despedir, aos sete minutos para as seis, ela se levantava de sua cadeira, o corpo já pesado, já volatilizada qualquer ilusão, já curvadas as costas, dirigia-se ao banheiro, escuro e pequeno como um cárcere marroquino construído especialmente para subversivos no meio do deserto, e tirava do bolso do uniforme ou avental — não lhe ficava claro o que era exatamente aquela peça, indefinida massa de tecido marrom-claro que todos usavam ali — seu pente de tartaruga. O pente lhe parecia precioso, presente da avó. Guardava-o na gaveta superior de sua mesa de trabalho, muito escondido no fundo, não fosse acontecer que alguém o encontrasse, mas, se o azar assim o quisesse, que pelo menos ele aparecesse maniacamente limpo e imaculado, pois a dignidade dela sofreria um agravo terrível se um cabelo seu ficasse ali agarrado, atravessando ou sujando algum dente daquele objeto esplêndido. O senhor Jaime não via com bons olhos os móveis trancados com chave, por acaso vocês têm algo a esconder, em meu próprio escritório? Se, ao espiar as coisas, a antipática mulher da limpeza, a tal de Roxana, encontrasse um vestígio de sua cabeleira, meu Deus, que humilhação! O que importa?, para as quatro mechas que você tem..., diria sua mãe. Ela, porém, se reafirmava a si mesma sentindo-se uma pessoa muito recatada, muito limpa, muito bem-educada. E sempre penteava o cabelo ao sair do escritório para enfrentar o mundo lá de fora, ainda que ali ninguém a conhecesse ou fixasse os olhos nela. Penteava-se por cinco minutos, uma eternidade segundo o conceito de tempo compartilhado pelo senhor Jaime e por dona Rosario, para cima e para baixo o pentezinho de tartaruga, até que sua vontade se convencesse, sim, minha querida, está sedoso, arrumadinho, não se preocupe, coração, igualzinho a como você o usou desde o secundário, não tema, você se vê exatamente igual a si mesma, como a cada dia desde seus últimos catorze ou quinze anos de vida; já pode sair à rua, sentir-se segura, nada, acredite, nada em sua figura chamará a atenção, tal como você aprendeu quando emitiu o primeiro suspiro. Desde sua mais tenra infância, observaria dona Rosario. A imagem que o embaçado espelho daquele banheiro-cemitério lhe devolveu era nítida, apesar de tudo. Não por culpa da luz, nada disso, é que seu penteado era tão previsível que mesmo na noite mais labiríntica e escura ela reconheceria aquele cabelo liso e comprido, aquela risca no centro, aquelas duas bandas de cabelo fino cor de camundongo que, sem um pingo de volume, caíam até os ombros, separando sua cabeça em duas partes. Simetria absoluta. Ordem total. Bonita jovem esta, tão jeitosinha mas sem frescuras.

Naquela segunda-feira — são marrons as segundas-feiras, não é, vovozinha?, sim, filhinha, e as terças são verdes e os sábados, vermelhos —, abriu a porta que dava para a rua, ansiosa por respirar, e ali, no vidro esmerilhado, entre as letras pomposas e gordinhas que anunciavam o nome do senhor Jaime, viu o vestido azul-celeste. Quantas vezes ele lhe aparecera durante a jornada? Fez um esforço para contá-las, mas ainda assim temeu esquecer os detalhes. Em um estado de ênfase incomum nela, entrou no café ao lado do escritório e tomou a estranha decisão de se sentar a uma mesa. Na verdade, nunca, nessa enorme acumulação de dias e meses e anos, nunca o havia feito, isso sequer lhe havia ocorrido. Seu salário exíguo ou sua falta de imaginação ou seu temor de chegar tarde em casa, razões não faltavam, o certo é que estava se sentando pela primeira vez a uma mesa daquele café vizinho. Quando o garçom a atendeu e ela não soube senão pedir uma Coca-Cola, esperou ansiosa que seu pedido fosse despachado antes de se apoderar de um guardanapo de papel que descansava plácido dentro do pequeno porta-guardanapos de plástico cor-de-rosa e, apressada, tirou da bolsa a caneta Bic que mantinha ali dentro sem saber muito bem para quê. Em um instante, como por artes de magia, as linhas começaram a aparecer: botões de nácar, cetim com incrustações, godês de organza, rendas. O guardanapo, como todo guardanapo de um café ordinário no centro da cidade, pecava por ser absolutamente branco. Nada à mão para marcar o azul-celeste, o cinza-pérola prateado, o branco escuro. Ela pensou na caixa de papelão que guardava embaixo da cama, à qual recorria muito de vez em quando para recordar a meninice, e sua memória enfocou aquele elástico que evitava a dispersão dos lápis de cor. Com sorte, devia juntar uns vinte e cinco. Quis se levantar de imediato e correr até a parada a fim de pegar o micro-ônibus, voar para casa, para sua caixa de papelão e aquele elástico milagroso. Mas um golpe de solidão a reteve: não se tratava daquela, a solidão natural, mas da outra, a segunda solidão, a que dói.

Os panos, é tudo culpa dos panos, gritava sua mãe, e a voz dela, naquele lar de não mais de sessenta metros quadrados — impossível não a escutar —, perfurava os ouvidos de cada um dos habitantes. Na pequena cozinha a tia Valeria, sentada num tamborete de vime, olhava para o chão, cabeça baixa, finalmente humilde e derrotada. Os panos. A avó guardava silêncio, grudadinha à sua máquina de costura, espremida entre a geladeira e a televisão na sala de estar, dobrando e retorcendo nas mãos um pedaço de chiffon escarlate; talvez se perguntasse se na verdade aquela cor preciosa e aquela textura sensual seriam as responsáveis. As meninas, como as chamavam, não ousavam sair do dormitório, que as quatro compartilhavam em dois catres de madeira com os respectivos beliches. Era tão pequeno esse aposento! Ela, porém, embora por nenhum motivo pisasse em território inimigo, esticava o pescoço e testemunhava tudo, focalizando a mãe e a tia Valeria pela abertura da porta. No meio do alvoroço, conseguiu topar com uma suspeita ruim: os ensinamentos de sua avó diante da agulha e da máquina de costura chegavam ao fim. E, com eles, sua tia.

A tia Valeria não tinha vocação para mártir. Acreditava firmemente que a vida era uma e só uma — portanto, devia ser vivida, acrescentaria dona Rosario —. Tendo-lhe cabido ser a filha caçula, terminou vivendo junto com a mãe na casa da irmã mais velha quando esta enviuvou e ficou só com uma magra pensão e quatro meninas para criar. Para incrementar a renda, a avó destas, que sempre tivera mãos de anjo para a costura, começou a fazer isso profissionalmente. Profissionalmente é exagero, mas instalou sua máquina de costura na sala, diante do sofá onde dormia, e confeccionava roupa para a gente da vizinhança. Entre as quatro netas pequenas, logo compreendeu qual seria a escolhida para seguir seus passos e ensinou a ela. Depois que voltava do colégio e fazia seus deveres, a menina se instalava numa cadeira ao lado da avó e a ajudava com os chuleados e os botões, enquanto a tia Valeria se entretinha com o cabelo da sobrinha, eriçando-o com umas tenazes quentes ou penteando-o em tranças que depois amarrava na nuca ou no alto da cabeça com uma flor seca ou uma rosa de renda. A vida era divertida então. A tia Valeria saía para trabalhar em uma hora moderada, nunca muito cedo, pois a loja onde era vendedora não abria antes das dez, e quando voltava para casa inundava o ambiente com sua risada, com gritos alegres ou com histórias engraçadas. Sua irmã viúva a encarava pensativa, como a uma recém-chegada que fala alto demais e não sabe o que está pisoteando com suas palavras.

Não havia dúvida sobre qual era a grande paixão da tia Valeria, só para me vestir eu merecia ter nascido rica, ela costumava dizer. E manuseava os tecidos que sua mãe, a avó das meninas, deixava sobre a mesa em que comiam, fazia-os voar pelo ar de tal modo que caíssem sobre seu corpo, maleáveis e obedientes. Só popelinas sem graça, reclamava, todas as vizinhas se vestem do mesmo jeito, chemisiers, abotoadinhos na frente, uma tirinha na cintura e... pronto, como se inventassem a vida só para usar roupões caseiros; onde estão as sedas, os tafetás, os crepes, os cetins brilhantes? E a avó, com paciência, respondia, mas, filha, e quando essas mulheres os usariam?, para ir aonde? Então Valeria começou a trazer para casa seus próprios tecidos a fim de que sua mãe lhe confeccionasse vestidos; no primeiro sábado de cada mês, depois de receber o salário, pegava sua bolsona de couro — aquele enorme poço de soluções, aos olhos da sobrinha —, tomava o ônibus no meio da manhã rumo à zona da cidade onde havia averiguado que vendiam os artigos mais baratos e voltava radiante para casa. Era sua atividade favorita. Uma amiga lhe dera a dica, e assim ela comprovava que, no atacado ou no varejo, podia conseguir tecidos preciosos, inclusive importados, e que, pelo preço de dois metros na loja de seu bairro, aqui comprava quatro. Nada de popelinas nem algodõezinhos floridos; para ela, o fulgor, o sensual, o glamoroso. Escolheu a única de suas sobrinhas a quem aquelas coisas interessavam e todo mês a convidava para essa aventura, ensinando-a a tocar, apalpar bem o material, distingui-lo e identificá-lo. Ao chegar em casa, pegava um papel e fazia o esforço de desenhar o modelo que tinha em mente para que sua mãe o confeccionasse. Então, a sobrinha eleita lhe recordava que tirava a melhor nota nas aulas de desenho e, apoderando-se do lápis, escutava a tia lhe ditar suas fantasias. Às vezes, a irmã desta as interrompia com a voz um pouco azeda, não entendo por que você faz nossa mãe trabalhar tanto, Valeria, onde pretende usar um vestido assim? Já encontrarei onde, já encontrarei, respondia a tia, quase cantando. E se trancava no banheiro com suas tinturas para em seguida aparecer loura, muito loura. Tingia o cabelo desde sempre e com esmero, e cortava-o no salão do bairro com uma revista nas mãos: quero ficar parecida com estas francesas, explicava Valeria às cabeleireiras, nada de cabelo sem graça, quero-o curtinho, com movimento, quero-o vivo. E uma permanente,

Valeria? Não, de jeito nenhum! Se nasci com ele liso assim, vou aproveitar.

Quase vesgo, o olhar do senhor Jaime era oblíquo quando ele o fixou sobre ela na manhã seguinte; parecia expressar uma ideia que se constituía lentamente em sua cabeça, mas que ainda não tinha uma forma definitiva. Como se se tratasse de uma intuição. Estou enganado, dona Rosario, ou a moça anda um pouco distraída?, habitualmente é tão concentrada... Ela não escutava, mas ainda pensava nas serpentes de Silvio e no rapaz magro e esfarrapado com seu violão e sua canção inocente. Inocente? Só agora lhe ecoavam palavras que no princípio ela acreditou não ouvir. Ele tinha dito algo sobre um coração que morre de sensatez, ou ela o inventara? Os algarismos de uma pasta amarelenta voltaram a se afastar de sua vista, como um viajante se despedindo, e no lugar deles apareceu uma mancha que escondia todo número. Lentamente, como se estivesse revelando uma fotografia num quarto escuro, a mancha começou a formar uma nebulosa azul-calipso: era a saia de cigana, essa saia repleta de godês, comprida até o chão, com mil cortes de um calipso profundo, como um pedaço de mar do Caribe, como um diamante disparatado; alguns eram opacos e outros brilhantes, transformando assim o próprio azul em duas cores que se diferenciavam apenas pela luz que cada um emitia, do opaco ao brilho e do brilho ao opaco. A saia era um casulo cada vez mais aberto, cada vez mais próximo do céu. Sim, seu sonho da noite passada. E desta vez ela havia despertado, jurando que voava de novo por uma órbita colorida, e no espaço, com muito esforço, se apoderava dessa saia, segurava-a por uma ponta, esta procurava fugir mas no fim flutuava, subordinada a ela. Ao abrir os olhos, reconheceu seu dormitório e de imediato a respiração das três irmãs, e, aguçando muito pouco o ouvido, os roncos da avó lá no sofá da sala e os de sua mãe, mais tênues, no pequeníssimo quarto vizinho. Nada havia mudado, a saia de cigana longe, muito longe dela, só lhe permitiu constatar que o despertador tocaria uma hora mais tarde, que deveria se levantar em silêncio para não acordar as irmãs, elas ainda estudavam no colégio da esquina, tinham direito a mais um tempinho de sono. Iria à cozinha preparar seu almoço e tomaria o micro-ônibus para ficar sentada ali durante quarenta e cinco minutos ociosos e inúteis, depois caminharia outros dez para chegar ao escritório, cumprimentaria o senhor Jaime e dona Rosario — que invariavelmente comentaria a situação do clima —, vestiria o avental marrom--claro e só à uma da tarde interromperia o trabalho para fazer sua refeição ali mesmo — onde mais, afinal, no frio da rua? —. Pode usar o forno se precisar esquentar seu almoço, tinham-lhe dito no primeiro dia como se lhe fizessem um grande favor, por que o senhor Jaime não comprava um micro-ondas? Em seguida, de duas às seis da tarde... números, códigos, somas e subtrações, páginas verde-claro. Sete minutos antes das seis, iria ao banheiro com seu pente de tartaruga e o espelho lhe contaria que é ela, que é a mesma, que nada mudou.

Nada mudou durante estes últimos quinze anos, nem seu penteado, nem sua roupa, nem os camisões caseiros abotoadinhos na frente, saídos da máquina de costura da avó, nem o ânimo azedo dos dias de sua mãe viúva, nem a inocência de suas irmãs menores que quase não recordam a tia Valeria, nem a falta de exclamações alegres, nem os passeios às lojas de tecidos daquele bairro distante, nem os cetins cor de damasco nem os veludos que fingiam sê-lo. Tudo é igual a como sempre foi, sempre, desde que a tia Valeria partiu. Cuidar da dor de sua mãe, essa se tornou sua tarefa, segundo lhe soprou a avó ao ouvido. E ela deixou crescer o cabelo liso e esqueceu o brilho e a queda de certos fios, esqueceu qualquer coisa que não fosse comportar-se como é devido para apaziguar os temores e as ansiedades maternas. Se é de cores que se trata, poucas hospedam sua cotidianidade. Pelo menos se encontrasse um homem para se casar e assim se distrair um pouco — e de passagem desocupar uma cama, a avó poderia dormir com as irmãs dela e não no sofá —. Mas os homens adquiriam uma estranha qualidade de invisíveis, onde estavam?, onde se metiam os casadouros?, por que ela não os encontrava? Suas colegas de colégio haviam abandonado a vizinhança, quase todas conseguiram se aproximar um pouco da cidade grande, e muitas delas de braço com atraentes maridos, atraentes?, não, isso era ela que extraía de sua autocompaixão, atraentes não eram, claro, jamais se casaria com nenhum deles. Seria o casamento a única forma de sair de casa? A tia Valeria nunca se casou, mas ela não sabe se a tia Valeria é feliz, sabe que montou uma loja de roupas em outra cidade e que sua filhinha a acompanha depois do colégio. Se sonha com desenhos, pelo menos consegue retê-los, consolou-se, porque não podia imaginar sua tia triste.

De novo o cantor, então aquele micro-ônibus das sete e meia da manhã estava condenado a receber o dia com um estrondo musical? Hoje era seu dia de pagamento, tão ansiado, meu Deus, tão ansiado durante o longo mês. Levaria dinheiro para a mãe, aplacaria nela algum ressentimento, reservaria um pouco para si mesma, o transporte e os lanches eram um gasto inevitável e talvez... talvez comprasse um bloco de desenho e uma caneta esplêndida, daquelas que deslizam na folha como línguas de fogo. Mas o cantor tratou de tirá-la de suas reflexões, já se instalava ao seu lado, à revelia dela. Melosa pareceu-lhe a voz agora, e com que força ele entoava... *Mi vida, charquito de agua turbia...* Perguntou-se, dolorida, se o rapaz a dedicava a ela. Automaticamente, levou as mãos ao cabelo, cada vez mais escorrido, tão fino que era quase ralo, pálido até o grisalho. Charquinho de água turva. Cale-se, disse sem palavras ao cantor, cale-se porque qualquer silêncio é melhor do que uma alegria encomendada. Afundou em uma inquietação muda. Sua imaginação se encontrava em plena desordem. Contudo, quando ela desceu os degraus do micro-ônibus, alguma coisa havia mudado, uma mudança imperceptível para quem não possuísse uma aguda percepção: eram seus olhos. Havia neles algo incomum. Ali surgia uma centelha como de gato maligno prestes a topar com a presa, como de canafístula de inverno, dessa árvore amarela em flor.

No escritório, onze da manhã era o horário determinado para entregar o dinheiro nos dias de pagamento. Ela olhou seu reloginho de pulso, faltavam quinze minutos para o meio-dia. De repente, com estranha lentidão, começou a gestar-se nela uma ação ininterrupta: fechou a pasta amarela, instalou-a no lado direito da escrivaninha como fazia todos os dias às seis da tarde, abriu a gaveta superior e tirou lá do fundo o pente de tartaruga e o guardou no bolso, desta vez, claro, não no do avental marrom, mas no do vestido. Abandonou o assento e, sem pensar em se dirigir ao banheiro, olhou para o senhor Jaime.

Preciso ir, gostaria de ter dito.

Como?

Tenho umas coisas para providenciar, gostaria de ter dito.

E vai demorar quanto?

Não sei, gostaria de ter dito.

Tudo bem, tudo bem... Vá, mas não demore muito.

É que... sabe de uma coisa, senhor Jaime?, gostaria de ter dito.

Diga.

É provável que eu não volte, gostaria de ter dito.

Mas não pronunciou palavra, como se sua voz tivesse ficado esquecida em algum lugar distante.

Caminhou sem hesitar até a porta, só ali se livrou daquele avental feio e informe, pegou o casaco e a bolsa no cabide da entrada e, sem escutar as exclamações de dona Rosario — a qual, desconfiando de que algo inaudito acontecia, já se levantava de seu assento —, abriu a porta para a rua. Foi ofuscada pelo sol, aquela luminária do céu que se esquivava de seus dias escuros atrás dessa porta de vidro esmerilhado. Sabia perfeitamente para onde se dirigir, tinham se passado muitos anos, era verdade, mas o vigor de certos passos a gente não esquece. Avançou até o ponto de ônibus e ali se deteve para esperar o seu. Então, sua memória começou a brincar de esconder. O ônibus parou e ela não o tomou. Espere por mim um pouco, eu já volto, disse em silêncio, enquanto sentia o impulso em seu cérebro. O impulso do charquinho. Caminhou rápido, os passos aceleradíssimos, quanta pressa, Deus do céu! Quando divisou o salão de beleza, deteve-se um instante. Obrigou sua pulsação a se acalmar, seu corpo adquiriu uma postura longamente esquecida, inventou no rosto uma expressão que não tinha e entrou no salão, os olhos de um vivo fulgor.

Uma vez instalada na elegante cadeira diante de infinitos espelhos, nítidos como o verde das montanhas nunca tocadas pela mão do homem, as palavras saíram dela como longas faixas de veludo.

Corte meu cabelo, por favor. Sim, bem curto. Quero parecer com essas francesas das revistas, nada de cabelo sem graça nem murcho, eu o quero curtinho, com muito movimento, sabe?, eu o quero vivo.

Sem Deus nem lei

1

"Eu sou a mãe de Paulina, que engravidou aos treze anos por estupro." Obstinados, mas também temerosos, os olhos de Laura Gutiérrez se fixaram na fotografia reproduzida na página número 20A do periódico *Reforma*, nesse chuvoso entardecer do mês de agosto. "Mulheres em Guanajuato repudiam lei antiaborto" era o título que a precedia. Um relâmpago iluminou ao longe o horizonte, pintando-o de muitas cores, e um halo de vermelho, de grená, de magenta e de azul permaneceu no céu por uns instantes. Com o longo hábito dos jogos adquirido na infância, mas ainda assim desconfiada, Laura contou os segundos que separariam aquela luz do som do trovão; quando este se anunciou teatralmente com seu solene retumbar, ela pôde reconhecer sua inquietação. É a tempestade, disse a si mesma, se toda a natureza se agita, como é que eu não vou me agitar? Seu rosto, em geral tranquilo sob a grossa camada de maquiagem, denotava um branco palidíssimo, acompanhado daquele quase imperceptível tremor nos lábios, o cenho levemente franzido e a boca contraída.

Observou a fotografia. Com firmeza, mas sem gestos exagerados, a mãe da menina Paulina segurava seu cartaz, a legenda escrita sem muito cuidado, os olhos impávidos fixados à frente, para além das dores e das humilhações. Olhos seguros e distantes, rasgados sobre as maçãs do rosto salientes, toda a negra cabeleira delimitada no que a fotografia esconde, mas que Laura supõe ser uma trança. Sem expressão, a mãe da menina de treze anos, da cidade de Mexicali, que foi estuprada duas vezes durante um assalto à sua casa por um homem que estava sob o efeito da heroína e a engravidou. A jovem fez a denúncia perante o Ministério Público, já que o Código Penal de seu estado, a Baixa Califórnia, autoriza o aborto quando a gravidez é consequência de estupro. Obteve a autorização, mas outros elementos intervieram: um grupo de mulheres tentando persuadi-la, por meio de vídeos explícitos, a não abortar, o padre lhe recordando que o aborto provocaria sua excomunhão e o diretor do hospital convencendo-a de que ela corria perigo de morte ou de esterilidade pelo resto da vida. Finalmente, Paulina e sua mãe, aterrorizadas, desistiram de exercer seu direito legal e ela — há quatro meses — teve o bebê, um menino a quem deu o nome de Isaac. Hoje a mãe de Paulina comparece à cidade de Guanajuato para testemunhar sobre o caso ante o Congresso daquele estado, manifestando sua rejeição à reforma do Código Penal local, que decidiu transformar em delito o aborto em casos de estupro.

Um resplendor violeta interrompe o monótono enegrecimento do céu. Laura Gutiérrez afasta o jornal um pouco assustada, talvez assim consiga evitar qualquer contaminação, a tinta do *Reforma* pode se espalhar, avançar pelo seu lar organizado durante anos com tanto afinco e escurecê-lo, tirar-lhe essa luminosidade à qual ela se dedicou dia após dia, pendurar-se aos brancos lençóis de sua cama para sujá-los, para afastar ainda mais a cada noite o corpo cansado de seu marido, esse corpo dilacerantemente alheio ao seu, sim, a tinta do *Reforma* roubando-lhe o equilíbrio aparente, estendendo-se pelos aposentos da casa como uma mão imensa que estrangula, introduzindo-se muito devagar nos armários e nas mesas de cabeceira de seus dois filhos homens para afinal se instalar no próprio pescoço de sua princesa, de sua filha adolescente, de sua Sara Alicia.

A chuva não amaina, mas tanto faz, o silêncio da casa a sufoca. Depois de esconder às pressas o jornal entre as muitas revistas que descansam na refinada mesinha francesa de marchetaria no centro do dormitório, desce a escada com agilidade, avisa da porta à empregada, com um grito, que vai se ausentar por uns minutos, pega o Cherokee e parte, parte, arrancar rumo ao mundo, sentir suas boas-vindas, seu ruído e seu murmúrio, embora as nuvens insistam nos reflexos vermelhos e azuis. Avançar. Não pensa aonde ir. Mecanicamente, dirige até a avenida Palmas e, após dobrar à direita, estaciona em frente ao Sanborns. Uma vez dentro da grande loja, recorda que desconhece a razão que a trouxe até aqui, nenhuma necessidade à vista, mas não importa, desde quando ela compra porque precisa?, e se detém diante da prateleira das revistas estrangeiras. Automaticamente, estende a mão e escolhe *Vogue*, e desliza por entre as páginas sem nenhuma convicção, as belas modelos vão passando, despercebidas, e também os casacos de pele de cobra para a próxima temporada. Laura Gutiérrez não suporta a palavra *aborto*. Sente-a irmã de outras palavras que rejeita, como *feminismo*; é como se fermentassem dentro de seu próprio estômago, provocando-lhe acidez. Uma tentativa dos tempos para acostumar a mulher à morte; a tantas mortes diferentes, a da vida mesma, a de um sistema, a de uma determinada tradição. Algumas de seu sexo se encontravam em condições de escapar dessa epidemia, não a necessitavam, por exemplo, ela, que estava a salvo de qualquer terrível doença. Já o dizia o jornal, sobre aquelas reuniões que estavam acontecendo em Guanajuato. Eufemístico, o jornalista chamava-as *organizações de mulheres*, será que a linguagem oficial nunca as cita pelo verdadeiro nome? Ativistas, terroristas. Anunciavam-se novas mobilizações rumo a El Bajío, chamavam as mulheres de todo o México para participar. Essas coisas preocupavam Laura Gutiérrez produzindo-lhe uma ofensa, uma ferida. Ela sempre soubera que, ante uma adversidade, deveria se arranjar sozinha, sem imprensa, sem Estado, sem organizações. Porque justamente o que elas faziam era debilitar os poderes estabelecidos, para ofender a Igreja, para invalidar as leis que já por si mesmas eram bastante débeis, alterando a ordem, atacando a própria dignidade de seu gênero, inventando direitos inexistentes. Todas essas ações eram dirigidas pessoalmente contra ela, contra Laura Gutiérrez.

No início havia minimizado a importância desses movimentos, encarando-os com certo desdém, mas com o tempo havia chegado a odiar essas mulheres estridentes e inconsequentes. De alguma forma ambígua e incompreensível, zombavam dela, apontavam-na com o dedo, obsoleta Laura, seu mundo já não existe, era o que pareciam lhe dizer. Como se seu Deus fosse incerto, como se quisessem lhe roubar suas sentimentais noções do bem e do mal, o pouco que lhe restava de inamovível, de férreo, a única certeza que atravessava os fantasmas de qualquer dúvida. Como se sua imperturbável piedade já não servisse, como se seu inevitável destino fosse o de se alimentar de várias ilusões, por sua vez envoltas numa irrefutável complacência. Por isso, entre todos os conceitos que haviam entrado na moda nos últimos anos, o que lhe produzia mais suspeitas era o de *direitos humanos*, porque com uma só mudança, uma mudança insignificante, se transformava no mais perturbador: *o direito sobre o corpo*. Se o primeiro conceito tivesse se limitado — como era cabível — à ideia dos direitos humanitários, sem dúvida ela o apoiava, não era nenhuma insensível, era contra o crime, a tortura, a repressão. Hoje mesmo, na hora do almoço, seu filho mais velho, Alberto, havia comentado com o pai o caso do desaforamento daquele ditador, o do Chile. As notícias sobre ele vinham no mesmo jornal, e o filho aplaudia o fato de que por fim se fizesse justiça naquele país distante. E ela, ao ouvi-los, havia concordado. Sim, claro que estava do lado da justiça, como não iria estar? Mas isso de Guanajuato era outra história. *O corpo era outra história.* Convocavam uma mobilização nacional e, se não fossem escutadas, recorreriam a uma greve de fome. Um só de seus agrupamentos feministas, assinalava uma legisladora, reúne umas duzentas organizações não governamentais, pelo que dificilmente se poderá deter esse movimento.

Enquanto aparecem mais roupas confeccionadas em pele de cobra nas páginas acetinadas da *Vogue*, Laura Gutiérrez repassa rapidamente a vertigem com que o mundo mudou e como em sua própria biografia as coisas haviam sido tão diferentes. Nos anos tranquilos de sua juventude, ainda não existiam feministas e, se existiam, em seu ambiente ninguém tomava conhecimento, eram totalmente marginais. Quando o centro havia mudado de lugar? Ou, perguntando de outro modo, quando a marginalidade havia vencido? No decorrer dos anos, ela não notou como as feministas foram difundindo sua doutrina e não se deu conta do perigo. Sentia-se traída, fora tomada de surpresa, não calibrou aquele lento crescimento, só abriu os olhos quando já era um fato consumado. Será que algo teria mudado, se ela tivesse percebido a tempo? Sua vida seria diferente? Ficar em dia com os ritmos, por exemplo? Mas então que respostas daria ao seu Deus? Recorda a naturalidade com que respondera no dia de seu casamento às imperiosas interpelações do texto da Epístola de Melchor Ocampo, do qual hoje em dia zombavam. Recorda também o infinito prazer que sentiu ao saber que a partir daquele momento pertenceria a outrem, constatar que seria eternamente protegida e mantida, que a lei assim o estabelecia. Amada? Nenhum código pode prometer algo tão subjetivo, isso ela sabe. O que não sabe é como aconteceu, o que aconteceu no caminho para ela perder esse amor; as outras mulheres nunca lhe importaram, aquilo fazia parte da natureza do homem, afinal de contas não era o sexo que determinava a sujeição de um marido à sua esposa. Ela era a mãe dos filhos dele, a cônjuge legal, a dona do patrimônio: era a esposa e tudo isso o confirmava, embora sentisse falta das expressões que acreditava merecer.

Inquieta, aproximou-se do caixa e comprou três revistas, incluindo a *Vogue*. Comentaria com Sara Alicia a nova moda de cobras, a filha se divertiria; acrescentou uns brincos de prata com obsidiana, não eram muito finos mas lhe aliviavam o espírito, iria usá-los esta noite na hora do jantar, com sua nova blusa preta comprada no último passeio pela rua Masarik. Não que se iludisse muito quanto a conseguir atrair os olhares do marido, mas pelo menos iria tentar. Pegou o celular, enquanto a moça do caixa imprimia o comprovante do cartão de crédito, e ligou para casa. Precisava escutar Sara Alicia, saber que ela estava perto, que estava bem. A menina entrou e saiu de novo, diz a empregada, não, não disse aonde ia, mas voltaria para o jantar. Laura Gutiérrez se arrependeu da compra do carro, da autorização assinada na delegacia para que sua filha pudesse dirigir, como não compreendera a tempo que o presente dado a Sara eram enormes asas para voar longe dela? Minha menina, minha menina.

 Voltou para casa, a tempestade já amainava, mas ela estava sozinha.

2

"Protestos no PAN* contra lei antiaborto" é o título da página 4A do jornal do dia seguinte, terça-feira, 8 de agosto. E no centro da página vem ela de novo, a mãe de Paulina, dessa vez com a filha e o netinho. Na fotografia de hoje está diferente, exibe uma franja que lhe oculta a testa, ontem reluzente, e seu rosto é muito redondo e gordo. Embora acima da foto se leia em grandes letras "CASO PAULINA: VIOLAÇÃO AO SEU DIREITO", elas não parecem estar sofrendo, o bebê é bonito, saudável e risonho, não é que Laura Gutiérrez exagere, mas todos se apresentam risonhos na fotografia, todos contentes, e ela se desconcerta, porque é de se supor que para Paulina e sua mãe está vedada a alegria.

 Seu estômago se contrai.

 A casa, como sempre, está vazia. Alberto saiu para o trabalho tão cedo quanto o pai, para o mesmo escritório, o futuro dono da empresa, supõe Laura Gutiérrez, aliviada pelo garantido futuro de seu filho mais velho. As aulas de Gonzalo começavam às nove e ela mal conseguira beijá-lo de passagem pela manhã, quando ele partia para a Ibero; só lhe faltavam dois anos no curso de Administração e, se continuasse como até agora, suas possibilidades de também fazer parte da empresa familiar eram altas, o setor da construção podia crescer muito. Hoje todos decidiram almoçar fora, inclusive Sara Alicia avisou que depois das aulas iria à casa de uma amiga, em Guajimalpa, a fim de fazer um trabalho. Enquanto ela visitava casas próximas ao colégio, não importava, era muito fácil o caminho pela Reforma, indo em direção à estrada de Toluca,

---

* Partido Acción Nacional. (N. T.)

a menina o conhecia bem, mas o Periférico aterroriza Laura, e nem falar de Insurgentes ou de qualquer caminho para o Sul.

Almoçou sozinha. Aquela grande mesa de pedra para dez pessoas e ela sozinha.

Quanto voltou do Noel, com o cabelo bem-pintado e penteado, pensou que o exibiria diante da família; mas recebeu os vários recados, eles não viriam. A ideia de comer sozinha sempre a deixara deprimida. Você tem que começar a se acostumar, alertara o marido diante de suas reclamações, mas impossível, não se acostumava. Ligou para Paola propondo almoçarem juntas, mas, não, Paola não podia, estava de saída naquele instante para se encontrar com a cunhada no Lugar de la Mancha; chamou Pilar, também não, já estava comprometida com sua sócia da butique. Como Laura Gutiérrez tinha saudade daqueles tempos em que se levantava muito cedo, levava as crianças ao colégio, ia ao supermercado, ajudava a cozinheira e dispunha os pratos e cardápios, passava pela academia, tomava um café com as amigas e, depois de uma boa chuveirada e de se arrumar um pouco, esperava toda a família à mesa! Então, todos chegavam.

Começou a chuva, outra vez a chuva, e eram cinco da tarde. Desde que, na infância, havia lido certo poema agora esquecido, sempre sentira as cinco da tarde como uma hora triste. Ainda mais se chovia.

A fotografia de Paulina e sua mãe continua ali, na poltrona, ao alcance de sua vista. Pega-a de novo e compara as duas fisionomias.

Ninguém sabe melhor do que ela o quanto está envelhecendo e a monstruosidade do modo pelo qual esse processo se acelera uma vez iniciado, o quanto dobrou as horas de academia para que o corpo não se converta em uma massa informe, os longos momentos de cremes e de maquilagem para esconder uma pele opaca que não voltará a brilhar, o afã com que recebe a manicure, a depiladora, a massagista, esse exército de mulheres que a visitam em domicílio para lhe assegurar uma presença decorosa. Não, seu sorriso já não era uma brisa fresca. A mãe de Paulina é jovem, provavelmente tão dedicada à filha quanto ela. Contudo, não pode alcançar sua posição econômica. Talvez nem tenha um marido. E chora, não por si mesma, mas pela filha. Pediu justiça e ninguém a deu.

A única justiça possível é a que se faz com as próprias mãos, pensa Laura Gutiérrez. Outra vez seu estômago se contrai. Sente-se sufocada. Não, não está fazendo calor. Não importa, um oculto fogo interno a maltrata. A chuva continua. Levanta-se da poltrona e caminha até a janela para abri-la, embora vá molhar o tapete afegão e o estofamento novo do sofá.

No momento em que faz isso, um raio incandescente cai sobre o pátio com inusitada violência. Laura Gutiérrez recua, atemorizada, como diante de uma maldição, de um inimigo celestial. Chega a ficar surpresa ao se constatar sã e salva. Prende a respiração e, com a boca e os olhos tremendamente abertos, espera o trovão, que explode furioso após breves instantes.

Foram breves instantes, mas um tempo diferente ficou instalado nela. Entre o raio fatal e o trovão, Laura Gutiérrez chega a viver uma eternidade, e os únicos sobreviventes dessa eternidade, já passado o estrépito feroz, eram os gritos de Sara Alicia, gritos estranhamente simultâneos, um montado sobre o outro e mais outro e mais outro. Enquanto as nuvens se descarregavam, pesadíssimas, a cor do sangue nublou os olhos de Laura Gutiérrez. A janela permaneceu aberta e através dela se escutavam ao longe, entre gemidos, vozes que gritavam: mamãe!

Às vezes Deus nos vira as costas, desaparece, como se tirasse umas férias. Por isso, naquela vez, não acudiu para ajudá-la. Foi então que ela aprendeu que na desgraça não existem Deus nem lei, só se pode recorrer a si mesma e à própria força. Alguém pode acusá-la hoje de ter agido mal? Seu marido estava viajando naqueles dias e, pior, poderia culpá-la, de alguma forma oblíqua, por tudo o que acontecera. Melhor o silêncio, é sempre melhor o silêncio. E mais, Laura Gutiérrez já aprendera a mentir durante a trajetória de seus anos de casamento. Dizer a verdade provou-lhe ser desnecessário, até mesmo prejudicial.

E Sara Alicia. Na época dos acontecimentos, não só era uma menina, ainda não completara os dezessete anos, como também era possuidora de uma estranha característica, cuja origem deveria ser buscada, diriam os especialistas, nos obscuros e labirínticos meandros da infância, e que consistia em exibir todos os flancos, todos os medos, pecados e debilidades, expondo-os de tal maneira que não havia proteção possível. Nunca havia aprendido a se valer do instinto mais básico de que humanos e animais dispõem. E, se Laura Gutiérrez der ouvidos aos manuais de psicologia que leu, tem direito a suspeitar que a filha já não o aprenderá: ou é inato, a pessoa nasce com ele, ou estará para sempre sujeita à intempérie.

Isso, com o tempo, foi transformando Sara Alicia em uma garota vulnerável.

Ninguém conhecia melhor tal vulnerabilidade do que sua mãe. E agiu em consequência.

A chamada noturna, a aterradora, a sempre esperada, a sinistra chamada que Laura Gutiérrez aguardou diante do telefone durante o crescimento de cada um de seus filhos e que só chegou com ela, a filha caçula, a menina do país das maravilhas, foi esta: a que interrompeu com mortal estrépito a noite em claro na casa de Las Lomas, pouco menos de um ano atrás. Ela havia presenteado Sara Alicia com um celular, para que a filha o levasse sempre, especialmente quando escurecia nesta cidade tão perigosa, pois ela já sabia, as amigas lhe contavam, todos contavam, era o assunto preferido em qualquer reunião, as horrorosas condições de insegurança em que viviam, uns metiam medo nos outros, saíam exaltados dos jantares, dos almoços, se pudéssemos matar todos os delinquentes, se estivesse em nossas mãos limpar a capital de sequestros, assaltos, assassinatos; agora inventaram uma nova fórmula, o sequestro-relâmpago, poucos minutos e pronto, seu filho está aqui comigo, me pague e eu lhe devolvo ele de imediato. Comprou o celular e o entregou a Sara Alicia. Esta não tinha autorização para chegar depois de uma da madrugada, ainda não completara os dezessete, não, não importava se os pais de suas amigas prolongavam o horário permitido, chegue até uma hora, haja o que houver, e a volta para casa sempre organizada, hoje o chofer de Lisette nos leva, amanhã o irmão de Raquel, depois de amanhã o pai de José Antonio, e você, mamãe, se não me der um carro, vou fazer você sair da cama, aos dezesseis anos o México inteiro dirige seu próprio carro, o México inteiro?, sim, com autorização especial dos pais, o México inteiro, só as meninas esnobes se deslocam com os pais, que vergonha, mamãe, eu não tenho mais idade para isso. Então, o celular sempre à mão para o caso de acontecer algo, não o perca, Sara Alicia, diante de qualquer suspeita ligue, ligue, lembre-se de colocá-lo na bolsa, não se esqueça, meu amor.

A chamada não foi do celular.

Era uma noite de sábado, o momento que Sara Alicia esperava por toda a semana, iriam ao Alebrije, tudo bem, o irmão de Raquel as acompanharia, ele é mais velho, mamãe, dezoito anos, muito mais velho. À uma em ponto. Foram ao Alebrije, não conseguiram entrar, estava lotado, a febre do sábado à noite.

No Centro Histórico tem uns bares legais, vamos para lá. Foi na saída. Uma caminhonete bloqueou a rua vazia por onde eles voltavam, não havia alternativa, tiveram de descer. Três homens. Não demoraram a dominá-los, Raquel e ela sucumbiram. Passava da meia-noite, mas não faria diferença se fosse à uma ou às três da madrugada, aconteceu do mesmo jeito.

Quem telefonou foi Raquel. Ela foi a primeira a reagir, nunca soube o que aconteceu ao seu redor, a não ser o que lhe contaram, nenhum deles viu nada, cada um lutava e se defendia de seu próprio agressor, três a três, como se tivessem calculado. Raquel não encontrou ninguém em casa, os pais estavam passando o fim de semana em Valle de Bravo, o irmão mais velho ainda não tinha chegado. Então ela ligou para a casa de Sara Alicia.

Ambas sabiam — por prévias instruções — que a última coisa a fazer numa emergência era procurar a polícia, nós vivemos no México, haviam reiterado muitas vezes os respectivos pais. Laura Gutiérrez chegou no Cherokee ao lugar indicado. Livrou-se dos dois irmãos o mais depressa que a cortesia permitia, após averiguação do estado de saúde de cada um. Hematomas por todo o corpo, pequenos ferimentos, contusões. Um tio dos jovens era um médico muito conhecido, que recorressem a ele, sugeriu, qualquer coisa, murmurou em silêncio, mas me deixem levar minha menina, levar minha menina, levar minha menina. E, sem nenhum olho testemunha nem acusador, levou-a, no mais profundo silêncio, levou-a, na mais absoluta privacidade, levou-a. Porque Laura Gutiérrez deu uma só olhada para a filha, caída na calçada, muda, e soube de imediato o que lhe havia acontecido.

3

"PAN suspende em Guanajuato sua reforma contra aborto." *Reforma*, quarta-feira, 9 de agosto, página 4A.

Ganharam?, pergunta-se Laura Gutiérrez em voz alta, embora ninguém a escute, além de tudo e afora isso, ganharam? É a primeira etapa, outras virão, nada está resolvido, Laura. Para começar, o artigo que despenalizava o aborto em caso de estupro será reintegrado ao Código Penal do estado de Guanajuato. Passa rapidamente em revista o artigo do jornal, hoje não há fotografia de Paulina nem de sua mãe, mas sem muito esforço ela se informa do resultado da mobilização das mulheres. E virão novos depoimentos, não há dúvida.

Embora hoje a chuva tenha empreendido sua retirada e o céu escuro mas seco ameace sem retaguarda, ela não encontra à mão um antídoto para esse lento veneno que se chama realidade. Onde, onde se encontra a zona acolhedora da existência? Aquele lugar não havia sido seu lar? A casa vazia com seus móveis antigos e finos, tão inerte tudo o que a rodeia, pesado, opaco, filhos que chegam como a um hotel, marido para quem ela é invisível, enjoado da esposa já faz vários anos, conversa apenas anedótica, nunca expansiva porque o incomoda, quem não sente tampouco vê nem escuta. Os dias longos demais, as manhãs heroicamente preenchidas graças ao puro esforço, à irredutível vontade, mas o sol avança do mesmo jeito e a tarde chega, acaba-se a imaginação, só a recolherem estas paredes de sua casa e ela se pergunta por que o dia tem tantas horas.

 Lá fora, através da janela, as árvores reluzem, embalsamadas de verde frescor. A paisagem urbana se perfila vigorosa como um golpe de sangue, os céus de azuis frios, e ela, em seu rosto, só a cor do milho. Presenças irregulares a povoam: sua menina, o médico, aquela enfermeira de olhos gelados, sua menina, sua menina com o olhar humilhado de quem sentiu medo demais.

 Naquela mesma noite, depois de examiná-la minuciosamente em casa, chamou o médico da família, aquele que durante vinte anos viu a todos, aquele que conhece cada dobra de cada um dos corpos deles, seu papel é quase intercambiável com o do sacerdote. Uma consulta no dia seguinte na clínica particular, radiografias e a promessa de guardar silêncio. Mais nada. Até que o calendário, sem pressa, marcou o mês.

 Sara Alicia grávida. Como Paulina. Mas, ao contrário da mãe de Paulina, Laura Gutiérrez não recorreu à lei. Nem a Deus. Não recorreu a ninguém. Nem ao médico da família.

 Aconteceu num almoço em Polanco, com suas amigas, no restaurante Isadora.

 Preciso do melhor médico da cidade, um aborto para Genoveva. Por que o melhor médico, se se trata da empregada? Porque eu quero bem a ela como à minha própria filha. Suas amigas tacharam-na de santa e ela se retirou com um nome e um telefone anotados em sua pequena agenda.

 O resto não importa.

 O que importava, isso sim, era a reputação de Sara Alicia, manter intacta sua inocência. Se viessem a saber, ninguém se casaria nunca com você. Acha que a menina Paulina de Mexicali conseguirá se casar algum dia? Acha que ela pode caminhar pela rua sem que digam, às suas costas, lá vai, é ela, a do estupro? O estigma, minha filha. Se viessem a saber, a mancha ficaria para sempre no seu nome e no seu corpo. Se viessem a saber, minha menina, sua adolescência acabaria. Sua vida destroçada, por um crime, por uma tragédia. Não, Sara Alicia, você não merece isso. Ninguém saberá, e assim você esquecerá. Aquilo de que não se fala não existe. Você vai esquecer. Vai esquecer.

Nada afetou a normalidade na casa de Las Lomas, nada no rosto de Laura Gutiérrez nem em sua expressão a traiu. Esse não era um problema de sua filha, era dela. A dúvida não a visitou nem por um instante: ela salvou a filha, salvou-lhe o corpo, o futuro e, de passagem, a honra: salvou tudo. O peso que aquela salvação deixou na mãe era incalculável; o ódio pelo malfeitor que desceu da caminhonete na noite de um sábado nas ruas do Centro Histórico, irredimível. Ela o odiou tantas vezes quantas respirou. Sem compaixão, até a eternidade. A indignação moral é inútil, disse e repetiu a si mesma, é um luxo inútil; a única coisa que adianta é não se deixar derrotar. Não percebeu o quanto seu olhar foi se endurecendo, não recordou como a falta de prazer entorpece as pessoas.

Alguns imprevistos em seu delgado cotidiano a sobressaltaram.

Noite de sábado, uma da manhã, a campainha. Desceu a escada. Sara Alicia sempre usava as próprias chaves, e os irmãos, mais ainda. Era Raquel, segurando Sara Alicia pela cintura, e esta ria e ria. Cada risada uma bofetada. O vestido azul muito amassado e o castanho do cabelo derramado em desordem. Levou-a direto para o quarto, para que o pai não a visse naquele estado. Foi tequila? Mas você nunca bebeu tequila, o que aconteceu? No dia seguinte, a garota, já muito sóbria, respondeu: é que só uma parte minha tem medo, a outra não acredita nele.

Não desejava que a desconfiança a paralisasse. Começou a registrar cada atitude da filha, cada movimento, cada uma de suas gavetas. Quem procura acha, já escutava da avó na infância. Até que encontrou a erva. Seu primeiro impulso foi falar com o marido, o homem da casa é quem vela por todos, disso a convenceram já faz muito tempo, a mãe é a encarregada das pequenas coisas. Mas o temor obrigou-a a se calar, sua intuição recaía sobre Sara Alicia e a incapacidade desta para ser discreta. A denúncia de um pouco de maconha acabaria esculpindo abismos. Não, não vale a pena.

 Discussões na hora do almoço, Alberto e Gonzalo recorrendo ao pai, ela não pode se vestir assim, papai, é uma descarada, como vai andar pela rua com a barriga de fora? E essa blusa de lantejoulas com uns jeans rasgados! Se eu encontrar você por aí, não sou seu irmão, sua descarada, ouviu bem? Uma semana mais tarde, Sara Alicia apareceu em casa com o cabelo roxo. A partir do qual os irmãos concluem que ela é mesmo sem-vergonha. E os eternos fins de semana em que não veio dormir.

 Por que não gosta mais de sua casa? O pai em viagem de negócios, a empresa de construção cada vez mais exigente. E a gota d'água: aquele grupo, o de rock, como se a vida e a morte de Sara Alicia dependessem deles, com suas jaquetas sujas, os cabelos raspados ou até a cintura, as calças de couro e os ensaios até a madrugada. Hard rock, corrigia Sara Alicia se alguém ousasse se enganar. Vozes gastas, olhares errantes. E nem sequer ela pôde controlar a tequila, já que a garota não dormia em casa nas noites de sábado.

 A boca de Laura Gutiérrez já não tinha lábios. Só um traço rígido. Ela se pergunta e se pergunta quais foram as marcas que a excluíram.

 Enfim, hoje não precisa esconder o jornal: a fotografia de Paulina, engravidada aos treze anos por estupro, não vem na página 4A. E hoje não chove, o horizonte não está fechado. É a campainha? A essa hora? Reconhece um movimento determinado, algo próximo mas adormecido. Aguarda. Embora seja em vão, ninguém entra na sala. Pergunta a Genoveva, chegou alguém? Sim, a garota, subiu para o quarto. Com um anseio incerto, Laura Gutiérrez espera uns instantes, umedece os lábios e então sobe a escada e avança até o último quarto do corredor, o de sua filha. Encontra-a tirando a mochila do closet. Contempla-a um instante, a filha está de costas para ela, já completou os dezessete anos. Veste seus eternos jeans, seus tênis sujos e desbotados, antes não eram vermelhos? O cabelo está preso por vários palitos, trancinhas roxas esvoaçam sobre a cabeça. Sua figura é graciosa, as pernas longas e o traseiro redondo muito firme.

Laura Gutiérrez não pode deixar de sorrir.

Sara Alicia se surpreende quando nota a presença dela, quase parece ter sentido medo. Não sabia que você estava em casa, escuda-se de imediato. Eu sempre estou em casa, responde Laura, não livre de certa amargura, como se a filha não soubesse que o ócio se fecha sobre sua mãe, que ela não tem aonde ir, que o tempo não lhe é um presente. Ao ver que a garota começa a encher a mochila grande com alguma roupa e objetos de toalete, pergunta-lhe aonde vai. Não vou dormir aqui esta noite, respondeu Sara, como se fosse uma adulta independente, mas hoje é quarta-feira, amanhã você tem aula. Sem forças para repreendê-la como se deve, a possível chantagem a fez perder aquela serenidade, chantagem que a filha não utilizou, e mais ainda, embora a mãe não deseje reconhecer isso, faz um ano que a filha quase não briga com ela, não discute, a verdade é que quase não lhe fala, só o imprescindível.

Sara Alicia fecha a mochila e a coloca nas costas, balança as chaves de seu carro, novo hábito tranquilizador que ela veio adquirindo nos últimos tempos, ah, as asas, as malditas asas, alisa uma mecha de cabelo e olha fixamente a mãe.

— Viu o jornal? — pergunta.

— Sim, já li.

— Então, vou me poupar das explicações. Diga ao papai o que quiser.

— Do que você está falando?

Os olhos de Sara Alicia se detêm nos da mãe: são cálidos, não expressam ofensa nem raiva, são olhos cheios de tons ondulantes, olhos perfeitamente humildes. Mas há neles uma qualidade distinta, diferente de ontem e de anteontem. Hoje Sara Alicia tem os olhos diáfanos.

— Adeus, mamãe, eu vou embora para Guanajuato.

A mim me coube a bandeira

Corre o mês de fevereiro e as águas do país se agitam sob as pontes. A mudança de governo, o bicentenário. Duzentos anos independentes da Espanha não é pouco.

No povoado decidimos festejar o segundo acontecimento (o primeiro, de jeito nenhum, aqui ninguém gosta da direita). Tanto aniversário triste neste país, como não comemorar o que é bom? Tantos dias, meses e anos acumulados em nossos corpos durante esses tempos feios que nos entraram na alma. Sei que tudo aquilo já passou, vão me acusar de estar insistindo, mas o problema é que, embora as feridas vão fechando, o que faço com as cicatrizes? Olho-as de dia, coço-as de noite, nunca me deixam sossegada.

Então nos reunimos, as de sempre, Alicia e Ana, Rosa e Nena, e Manuela, essa sou eu. Assei um queque* e Ana fez o chá. Embora o verão ainda não tivesse acabado, corria um vento gelado, pequenas rajadas se infiltravam pelas madeiras do Centro de Mães. Segurei a xícara com força para esquentar bem as mãos e assim aquecer também o ânimo. Chaleira elétrica, nem pensar, só há uma para todas as oficinas e nunca chega a nossa vez. E olha que somos as mais antigas por aqui. Estamos há mais de trinta anos costurando e costurando. Quantas coisas lindas nossas mãos fizeram! São chamadas de *arpilleras*, panos repletos de pequenos retalhos de tecido que contam uma história. Os estrangeiros chamam de *patchwork*. Começamos a fazê-las porque não tínhamos trabalho, porque nossos maridos já não estavam conosco e precisávamos dar

---

* Bolinho doce, espécie de pão de ló, também chamado bolo inglês. O termo é derivado do inglês *cake*. (N. T.)

de comer aos pirralhos. Afora as tarefas de casa, não sabíamos fazer outra coisa. Então nos ocorreu, e se costurarmos, disse Nena, costurar o quê?, perguntou Rosa, histórias, vamos contar histórias, respondeu Nena. Com agulha e linha. E com todos os retalhos de panos que encontrarmos largados nas gavetas. Montamos figuras, só do que conhecíamos, nós mesmas, as crianças, a casa, a cordilheira. Começamos assim. No começo nos saíam uns monstrengos, as bordas imperfeitas de cada silhueta dançavam, a bola não era suficientemente redonda, nem os tetos tinham uma boa linha reta. Vamos insistir, disse Alicia, não vamos nos dar por vencidas. Saímos de casa em casa pelo povoado pedindo camisas de homem que estivessem rasgadas, de preferência que fossem azuis para fazermos o céu, verdes para uma árvore ou marrom para a terra. Aperfeiçoamos o recorte e amolamos as tesouras. Um dia a bola me saiu redonda, redondinha. Então eu soube que já podia cortar muitas outras formas. Quando juntamos umas vinte *arpilleras*, levamos para a feira. Instalamo-nos sob o sol, nosso trabalho estendido sobre panos de prato para que não se sujasse. E, para nossa surpresa, as pessoas gostaram. Olhavam, tocavam, perguntavam o preço. Foi assim que começamos. E, quase sem me dar conta, eu tinha me transformado na *vecina de la verde selva,* na *arpillerista azul, verde y granate.* Como Violeta Parra.

A bandeira.

A mim me coube a bandeira.

Costurar, unir aqueles brilhantes retalhos de vermelho, azul e branco. Sentei-me com minhas agulhas, minhas linhas e minhas tesouras na cadeira que dá para a janela da cozinha, sozinha, sem homem que me acompanhasse. A estrela, pensei, como recortar bem a estrela para que cada ponta fique igualzinha à outra, todas arrumadinhas, orgulhosas? Então a brisa noturna começou a me adormecer. A fadiga do dia que ia terminar me entrava pelos ossos, impiedosa essa fadiga, obrigava os pobres músculos a perder o alerta. As pálpebras cederam, o trabalho semiterminado sobre minha saia e a estrela ao lado, ainda sem cortar.

Eu estava sonhando com bandeiras que ondulavam ao vento e com escuras cozinhas de adobe repletas de anciãs que as costuravam quando de repente vi uma mulher parada junto à janela da cozinha de minha casa.

Olá, Manuela.

Quem é você?, perguntei.

Sou Javiera Carrera.

Olhei seu aspecto. Ela cobria a cabeça com um longo pano branco, como um véu, só deixava ver uma testa nobre e ampla, e a raiz do cabelo dividida severamente com uma risca permitia que dois cachos lhe caíssem de cada lado do rosto. O vestido, muito ajustado na cintura, descia longo e repolhudo até o chão, e um decote pronunciado deixava a descoberto o início de uns seios muito brancos. Extasiada, pensei que só havia visto figuras assim em algum esquecido livro de história.

Ao notar a surpresa em meu rosto, ela falou.

Se você não me conhece por mim mesma, deverei aludir ao homem mais famoso entre os que me rodearam: eu sou a irmã de José Miguel, o líder da Independência do Chile. Meu corpo está enterrado na catedral. Fui chamada de a mãe da pátria que nascia, meus três irmãos foram patriotas e cada um deles foi assassinado. Eu era a mais velha de todos, trabalhei ombro a ombro com eles e foi como se me matassem três vezes.

E por que visita a mim, uma modesta *arpillerista*?

Porque pela janela vi suas costuras e queria lhe contar que fui eu quem fez a primeira de todas as nossas bandeiras. Foi no tempo da Patria Vieja. José Miguel me encomendou. Não só a bordei como também escolhi os símbolos e as cores. Sabia que o vermelho não estava em nossa primeira bandeira?

Não, não sabia. Que cores você escolheu?

As de nossa natureza. O azul, de nosso céu tão límpido. O branco das neves de nossa cordilheira. E o amarelo dos nossos campos em colheita, quando se tingem da cor do ouro. O vermelho veio depois, uns cinco anos mais tarde, quando a Guerra da Independência já tinha levado tantas vidas que foi preciso trocar as colheitas pelo sangue derramado: nesse vermelho vivem meus irmãos, meus amigos e meus companheiros. Talvez também eu, embora no meu caso tenham me deixado morrer de velha. Sabe como é, se eu fosse homem teriam me executado.

Hoje em dia eles também matam as mulheres, informei.

Ela me olhou sorridente, a figura do livro de história da escola, igualzinha às ilustrações de então, e se sentou ao meu lado junto ao forno da cozinha, meio que se acocorou, cruzou os braços sobre o peito e desviou a vista para um ponto longínquo.

Ouça, Manuela, minha vida foi muito difícil, me desesperei e clamei aos céus a cada dia e a cada noite, durante a luta pela nossa independência. O que eu não teria feito, se fosse homem! Poderia traficar armas dentro de uma carroça com palha, mas não podia dispará-las. Poderia idealizar uma campanha, mas devia soprá-la nos ouvidos dos meus irmãos. Não recebi nenhuma das honras que lhes foram concedidas. Embora fosse mais inteligente e mais combativa, não pude ocupar nenhum cargo. Sempre atrás das sombras deles. Em meus salões se urdiam os maiores complôs, mas quem se apropriava deles não era eu. Os sofrimentos, porém, eram parecidos. Vivi no meu corpo a dor dos vencidos, o horror do desterro, o sofrimento de abandonar meu marido e meus filhos para salvar a vida. Como se fosse pouco, me casaram quando completei quinze anos. Pari sete vezes. Criei meus filhos, bordei, cozinhei, toquei piano, consolei, cuidei dos enfermos, enterrei os mortos, fiz tudo o que se esperava de uma mulher.

Eu não quis interrompê-la, como ser desatenta com tão ilustre visitante?, mas pensei cá comigo que minhas ocupações não foram tão diferentes assim. Embora não seja nenhuma heroína, também criei meus filhos, também cozinhei para eles e bordei para lhes dar de comer e os eduquei e, embora não toque piano, dei-lhes consolo, assim como a muitos outros ao meu redor. Tive de cuidar de minha mãe inválida e de minha sogra diabética e fechei os olhos de cada morto da família. Abri os braços à dor de todas as outras mulheres que passaram pelo mesmo que eu. E, além de fazer o que se espera de uma mulher, precisei ir mais longe: fui pai e mãe ao mesmo tempo. Quis lançar isso na cara dessa mulher de tanto destaque: como você acha que meus filhos se criaram, desde que ficaram órfãos de pai?, como se alimentaram?, quem trazia dinheiro para casa?, quem tomava as decisões e saía à rua, fosse para vender ou para protestar?, quem remove as folhas da calha todos os anos, antes que as chuvas comecem, subindo numa escada que dá vertigem?, quem mata as galinhas e os porcos para levá-los à panela, quem prega as tábuas do teto que deslizaram com o último terremoto, quem sai à noite para buscar o filho que ficou na praça com os dependentes de droga?

Mas minha convidada está falando de outras coisas, não sabe de calhas nem de drogados, essa sortuda, e eu fico alerta quando a vejo tocar o tecido de minha calça. Solta uma risada.

Você imagina o que era andar sempre com nossas saias enormes e nossos espartilhos? E aqueles sapatinhos que nos destroçavam os pés? O conforto nunca foi um privilégio para nós.

Com suas mãos delicadas, pegou o pano branco que lhe cobria a cabeça, com um só gesto rápido se desfez dele e com outro soltou a cabeleira, e os dois cachos continuaram imóveis, pendendo de cada lado do rosto.

Quanto eu queria ser como você!, me disse como que de passagem, com voz tênue e contente.

Sim, imagino. Mas, quando cai a tarde, estamos tão cansadas... Como minha mãe, como minha avó, como minha bisavó. Tudo o que acontece no lar continua sendo coisa nossa, trabalho nosso. O fogo deve estar sempre aceso.

Sim, o fogo deve estar sempre aceso. E a água nunca deve faltar.

A água e o fogo?

Sim. Uma das tarefas mais importantes no lar colonial era acender e conservar o fogo. A mulher era a guardiã do lar e dava início ao dia acendendo as primeiras brasas. Cabia a ela soar a primeira badalada quando a manhã clareava, para avisar que a vida podia começar a andar, que já havia calor, que já havia luz, que já havia comida, que ela havia providenciado tudo em cada um dos três pátios da casa. Naquela época costumava-se comer seis vezes por dia, e por isso o fogo nunca podia se apagar. À noite, mantinha-se um carvão aceso, para iluminar quartos e corredores. E no inverno, com um pedacinho de outono acrescido no princípio e outro de primavera no final, o calor dependia dessas fogueiras no centro dos pátios e nas lareiras dos salões. A água, Manuela, não corria por encanamentos naquela época. Era preciso carregá-la de poços vizinhos ou, no caso das que eram mais pobres, do canal de irrigação mais próximo. Uma vez em casa, era distribuída nos quartos em pequenas jarras com suas respectivas bacias, para a higiene de mãos e rostos. Também era armazenada nos pátios para dar de beber aos empregados e aos animais, e para lavar os penicos. E, claro, acumulavam-se grandes quantidades na cozinha, tanto para preparar os alimentos quanto para ir lavando os utensílios de prata, porcelana ou madeira que iam sendo usados nas numerosas refeições diárias. E o gelo, a neve, como o chamávamos, vinha da cordilheira em carroças, os cavalos arriavam grandes blocos que nunca pareciam se derreter.

Ou seja, levamos duzentos anos fazendo a mesma coisa.

E continuamos bordando.

E continuam bordando.

Javiera, sabe como se chama nossa bandeira? Não a que você fez, mas a que eu devo fazer. "A estrela solitária". Quer bordar comigo? Estou muito cansada e devo terminá-la até amanhã.

Descanse, Manuela, durma tranquila. Eu continuarei sua tarefa.

Através dos olhos semicerrados, consegui ver minha ilustre visita tomando nas mãos a estrela de tecido branco, as linhas e o dedal. Sua saia ficava vaporosa entre as nuvens que a rodeavam. Adormecer assim, como eu sempre gostaria, em meio à dança de cores azul e vermelho, embalada por outra que acompanha você, coberta por algo duradouro e palpitante.

Já era meia-noite.

Acordei perto da madrugada com um enorme abalo. Um retumbar horrível e inclemente. A terra se movia e uivava. A natureza nos castigava mesmo antes do juízo final.

Os vulcões de nossa terra.

Minha modesta casa de madeira não sofreu. Já com tudo mais calmo, acendi uma vela e procurei os estragos. Meus adornos e utensílios permaneciam em seus lugares. Então vi os pedaços de tecido que cobriam a nudez do piso. Pensei no meu país.

O trabalho estava concluído. Mas a bandeira estava rasgada.

Cerca elétrica

Quando os ladrões entraram pela segunda vez para roubar a casa de Magdalena, os amigos lhe sugeriram se mudar. Diziam que nas grandes cidades já ninguém mora em casas, que são inseguras e difíceis de manter, que hoje convém morar em apartamentos. Mas a casa era tão bonita, como deixá-la? Secretamente, ela temia que sua memória se tornasse uma prisão: a inocente chegada naquela tarde, o vislumbre de uma porta arrombada, o caos de seus pertences espalhados pelo chão, a imaginada substância viscosa acumulando-se pelos cantos como se pudesse tocá-la, o impulso irrefreável de sair correndo, o nojo pela ação de recolher, já manuseado, aquilo que eles deixaram para trás, a repulsa ante os lençóis nus de sua cama desfeita, emoções opressivas e humilhantes, todas elas. Sua atenção mal se concentrava no que faltava: o computador portátil, o equipamento de som com uma música tão nítida, as joias que resistiram ao assalto anterior. O que na verdade a abalava era a presença dos assaltantes e os vestígios desta. Tentou corrigir a si mesma: o termo *violação* corresponde ao corpo humano, e não à massa arquitetônica que o abriga.

Quando, dois dias depois, cheirava — com um sutil odor de despedida — as rosas que havia plantado com as próprias mãos no jardim de casa, percebeu a presença do marido, prosaica, segura, cotidiana. Olhou-o, meio confusa.

— Sossegue — disse ele —, já resolvi tudo.

Ela se limitou a erguer as sobrancelhas, sua forma de perguntar.

— Vamos instalar uma cerca elétrica ao redor da casa.

— Uma cerca elétrica? — repetiu, tentando evitar que a voz denunciasse sua incredulidade.

— Sim, é a grande solução. Se pretenderem entrar de novo, os ladrões vão se eletrocutar na tentativa. A ideia me foi sugerida e eu a achei excelente.
— Auschwitz.
— O quê?
— Soa a Auschwitz.
— É só uma medida de segurança.
— Você quer transformar nossa casa num campo de concentração.
— Mas, Magdalena...
— Não, não... Não é isso... Não sei, não me agrada.

Mil imagens passaram pela cabeça de Magdalena, desde os arames farpados do Muro de Berlim até os condomínios no Rio de Janeiro onde viviam aqueles ricos protegidos com eletricidade, enquanto nas ruas os pobres se matavam entre si ou matavam os menos ricos para levar o dinheiro deles.

— É uma questão de princípio, Juan, eu não suportaria.

Magdalena pensou em sua vida limitada e regular, na qual não havia surpresas. Alimentava em sonho a esperança, não de ser uma pessoa realmente diferente, mas pelo menos de não se entregar à rigidez de determinados conceitos, em sua opinião conservadores. Uma pequena fantasia de ser alguém aberto, com certo coração.

Mas de cada sonho acordava aterrorizada, escutando ruídos no corredor, sussurros na cozinha, temendo que desta vez os desalmados viessem já não em busca de joias ou aparelhos, mas dela mesma.

Odiava que seu marido chegasse tarde do trabalho e a submetesse a esse novo medo, o de estar sozinha na casa imensa, imensa mas tão bonita, esperando aquelas pisadas fatais. Se não fosse por tal temor, a monotonia dos seus dias seria a mesma, a invariável, a que arrasta um dia e outro, todos quase iguais, inevitáveis, até ela se perguntar num amanhecer se o futuro é isso.

Por razões de trabalho, Magdalena precisou sair da cidade durante uma semana. Ao partir, pediu ao marido que estivesse atento, que trancasse tudo muito bem a cada manhã, ao sair, e a cada noite, ao ir se deitar. Não queria nenhuma surpresa quando voltasse. Mas a teve, sim: quando o táxi que a trazia do aeroporto a depositou na calçada de sua casa, algo se destacava, algo diferente, que nunca estivera ali. Enquanto pagava ao motorista, ela tentou entender o que era que havia se instalado entre as rosas. Já com a mala e as chaves da casa na mão, conseguiu focalizar o olhar. Pequenos letreiros luminosos de dois em dois metros, um aviso grande ao lado da porta, todos alertando para o perigo, pedindo cuidado, e o nome de uma empresa de segurança que informava sobre a existência da eletricidade. Então compreendeu que o golpe de vista que a perturbara tinha a ver com a falta de folhagem, com o aspecto despojado do muro, antes desordenado, voluptuoso e verde. Agora, por sobre a pedra, levantavam-se muito limpas e sem interferências três linhas paralelas ao longo de todo o perímetro, três delgadas, finas e potentes linhas de aço. A cerca elétrica.

O marido já adormecera. O corpo subia e descia, com seu ronco habitual. Ela se cobriu bem, escondendo-se sob o edredom em busca de um sono que a protegesse de qualquer medo. Temeu que a noite fosse longa demais. Mas de repente compreendeu que os sussurros na cozinha e as pisadas no corredor não chegariam. Uma cerca elétrica a separava de seus agressores, entre eles e sua pessoa mediavam — com absoluta firmeza — as três fileiras de fino aço. E o aviso delas, suficientemente aterrador. Então, o peso do edredom se fez mais leve, os lençóis mais suaves, o calor mais envolvente e doce. Quando essas sensações se assentaram, à sua mente não ocorreu a imagem dos campos de concentração nem a das mansões dos ostentosos milionários. Em contraposição, chegou a de Meryl Streep, com sua maravilhosa atuação como jornalista madura e progressista em Washington, entregando seu prestígio e sua seriedade ao desagradável senador republicano em troca de um suborno. Quando o sono já estava prestes a vencê-la, abrigada e protegida, Magdalena recordou com um pequeno sorriso irônico as lágrimas de pesar e impotência de Meryl Streep na última cena do filme. Mais cedo ou mais tarde, todos se entregam, disse baixinho, e fechou os olhos.

Fêmeas
(Um divertimento)

Anabella e Marilyn tinham algumas coisas em comum: ambas eram órfãs, ambas geradas por pai desconhecido, ambas sobreviventes. Ninguém entende bem como se arranjaram até o instante em que foram resgatadas — em momentos diferentes cada uma — para se conhecerem no jardim daquele casarão na província, no meio de um arvoredo.

(Olharam-se desconfiadas naquele dia, nenhuma quis dar o primeiro passo. Quem é essa aí?, deve ter se perguntado Anabella, e Marilyn provavelmente lhe virou as costas.)

Mas no aspecto físico, sim, elas se diferenciavam. E, por conseguinte, na personalidade. Anabella era bonita, muito bonita, coquete, posuda, inconstante. Marilyn, em contraposição, seca, retesada e escura como uma jovem ameixa que não foi colhida. É provável que a primeira se orgulhasse de suas ancas e daquelas mechas louras e também de seus olhos insistentemente verdes. Ninguém punha em dúvida sua beleza. Dava gosto vê-la caminhar vinda de longe, a luz sobre o corpo e a agilidade percorrendo cada vértebra. Seus passos davam a impressão de nunca tocar o solo. Perseguia os raios de sol e quando os alcançava e a tepidez deles lhe trespassava a pele, a preguiça se esparramava pelos seus membros, como se sua única ambição fosse a de se estender naquele pasto amplo e verde e fechar os olhos antes que algum cataclismo a alcançasse. Porque algum teria de alcançá-la, disso tinha certeza Anabella, que perambulava pelo território do parque e pelos aposentos do casarão, temendo os imprevistos e a solidão. Seu verdadeiro problema era que odiava ficar sozinha. Partia atrás da confusão, atrás das pessoas, nunca discriminava — quanto mais, melhor —, e não se importava com passar por indigna quando desconfiava de que não era bem-recebida. Qualquer coisa, desde que não ficasse sozinha. Fazia sua entrada triunfal num aposento repleto, olhava fixamente da porta para cada uma das pessoas ali presentes e, após uma leve hesitação, escolhia uma delas. Para se apegar. Para ser um objeto de desejo. Para se submeter: em troca da companhia, em troca de nunca mais dormir sozinha, em troca de sentir bem juntinho outro corpo que lhe desse amparo. Às vezes seu afã de sedução era suficientemente escandaloso para incomodar algum visitante desavisado, mas Anabella sabia emudecê-lo cravando-lhe com heroica mansidão aquele par de esmeraldas inundadas de inocente doçura.

Os visitantes daquele casarão de província a acolhiam, acariciavam, mimavam, mas partiam sozinhos.

Marilyn, em contraposição, parecia passiva ao lado dela. Arisca, chegaram a defini-la. Não que lhe faltasse energia, só que usava a imaginação para outras atividades. Seus fios — curtos, negros e lustrosos — diferiam tanto dos de Anabella quanto a noite do dia. Sua figura era pequena mas compacta, como feita de uma fibra vigorosa. Caminhava de forma concreta e sólida, seus passos eram curtos mas firmes. Desconfiada por natureza, parecia não ter em grande consideração o gênero humano, nem pensava em adulá-lo como fazia sua companheira. Sempre olhava de uma distância determinada, o que deixava as pessoas um pouco nervosas, como se aqueles olhos julgassem e analisassem sem piedade alguma. Como se seu olhar sempre se voltasse para dentro dela mesma, descartando qualquer estímulo externo. Às vezes lhe pediam que fosse mais complacente, ao que ela se negava terminantemente. Muito de vez em quando se entregava voluntariamente a algum carinho, como até o mais mísero dos seres faria, mas não colocava sua vida a serviço deles. Poderíamos dizer que Marilyn era austera, quase um pouco rígida, e cada uma de suas ações era concisa e calculada, sem perder tempo em lisonjas e afagos. Por acaso não era uma sobrevivente? Então, como tal, devia encontrar o próprio caminho, e para isso só podia confiar em si mesma. Era usual vê-la passear sozinha pelo parque, enquanto Anabella mendigava um pouco de amor.

Anabella, que era coquete mas nem por isso boba, sentia sobre seu corpo o olhar depreciativo de Marilyn e não o suportava. Queria ser aceita por todos, inclusive por sua amiga, tão órfã quanto ela. Então se aproximava e propunha alguma brincadeira e as duas voltavam a perambular juntas, como haviam feito nos primeiros dias. Mas em seu interior crescia a impaciência por demonstrar à outra sua superioridade: logo chegaria o dia em que seus esforços seriam recompensados, o dia em que ela poderia erguer displicentemente a mão, como uma grande dama, ao som de uma despedida. Marilyn não perdia por esperar.

O tempo passou.

Como esquecer? Era um domingo sonolento. Marilyn, sempre atenta ao que acontecia ao redor, viu-o entrar na casa do parque. Cravou-lhe os olhos, talvez desconfiando das intenções dele. Era um pouco velho, calculou Marilyn, mas sua figura ainda parecia diligente, como que pronta para combater. Vestia-se inteiramente em marrom-claro, calça de cotelê, jaqueta de tweed, camisa polo de gola levantada, tudo nos mesmos tons. Cabelo ralo, mas nas últimas tentativas de disfarce. Um riso franco. Sentou-se numa poltrona junto da enorme lareira, seguro de si, tomou um café e trocou com a dona da casa algumas palavras que Marilyn não escutou. Mas alguém se levantou e chamou Anabella. Já diante dela, ele não a olhou com muita insistência, embora tenha passado a mão por aquelas mechas louras, uma tentativa de carícia. E supomos que não conseguiu ignorar o brilho tão verde daqueles olhos. Será que a queria para ele?

Do jardim, Marilyn espiava.

Da sala, Anabella cravou nela seus olhos.

Não teve tempo de se despedir.

O senhor marrom partiu com Anabella e Marilyn ficou olhando.

Hoje Anabella vive numa casa maravilhosa. Mimada, amparada e protegida de todo mal, deita-se em macias almofadas de seda para receber os raios de sol, só come manjares, é o centro das atenções de todos ao seu redor e nunca padece de solidão. As portas da casa estão fechadas. Já não pode perambular, quando procura abri-las se detém na tentativa. E, embora toda noite se encoste a um corpo salvador e não adormeça até se fartar de carícias, não a deixam ir à rua. Cuidam dela, sim, é uma rainha. É amada. Ninguém sabe o quanto ela ama, se se cansa de tanta submissão, o que acha de seu protetor, que coisas a incomodam nele, se às vezes não deseja escapulir; hoje em dia, as opiniões de Anabella são um segredo. As únicas coisas que sabemos é que ela não precisa enfrentar a cada manhã uma trabalheira para se alimentar, e que a solidão não a persegue.

Marilyn, em contraposição, continua no parque, sozinha. Nunca ninguém a resgatou — difícil tarefa, opinaria Anabella, com tão pouco empenho da parte dela —, e a cada manhã luta por seu alimento, por sua segurança, pelo difícil equilíbrio do dia. Caminha sozinha pelo pasto, conhece cada árvore, cada raiz, cada arbusto por onde o sol se filtra no inverno e a sombra no verão, uma vagabunda transbordante de liberdade. Só tem a si mesma. E o parque.

Qual delas saiu ganhando?

Difícil dizer. Quem se atreve a falar de vitórias ou derrotas? Afinal de contas, Anabella e Marilyn têm até hoje uma coisa em comum que o tempo não mudou: ambas são gatas.

Seu norte

Aquela segunda-feira amanheceu mergulhada num estranho silêncio, um silêncio denso e um pouco saturado, como se um determinado alento faltasse, como se a ausência de uma respiração alterasse a composição do som. María Bonita distinguiu essa manhã de todas as outras manhãs de trinta e três longos anos. Na verdade, ela se chamava Fresia, mas, como gostava de rancheiras e sabia cantá-las, desde sempre chamaram-na de María Bonita.

Levantou-se da cama e se dirigiu à cozinha, como todos os dias, a fim de ferver a água para o chá. Depois de tomar banho e se vestir, sairia para comprar o pão e limparia um pouco a casa. E depois, o quê? Sentar-se diante da televisão, olhar o velório, tentar entender os fanáticos que o acompanhavam. Mas sair à rua, não. Muitos moradores partiriam para o centro a fim de comemorar a morte do ditador. Contudo, sua disposição não era festiva. Tanta espera por esse acontecimento a cada dia, a cada um dos longos dias de todos esses longos anos... Sempre pensou que o corpo de Manuel apareceria antes do momento em que essa morte fosse anunciada. Apostou nisso, como numa corrida, quem ganha: saberei a verdade ou morrerá ele, eu ganho, conhecerei o paradeiro do meu marido enquanto esse sujeito estiver vivo e se esquivando, não pode morrer antes disso. No dia anterior, um domingo ensolarado de dezembro, depois de escutar a notícia, pensou, desalentada: e agora? Observava a tela, os ricos comemoravam com champanhe, os pobres, com cartazes e cervejas, todos na rua. Ela sempre havia suposto que seria a primeira a sair para festejar o instante em que isso acontecesse, sua carga não era uma grande ferida? Mas o momento chegou e suas pernas se transformaram em cubos de chumbo, pesados, inamovíveis, como se um feiticeiro triste lhe roubasse o cérebro e estendesse a imobilidade pelo seu corpo. Instalada na velha e esfarrapada poltrona verde, as imagens da tela e sua própria vida se fundiam. Olhava o ataúde rodeado por uniformes, mas quem ela via era Manuel, o dia do casamento, o dia da vitória de Allende, o dia em que vieram buscá-lo e ele nunca mais voltou. Quando os jornalistas falavam na tevê, ela escutava todas as suas esperanças frustradas, sua eterna peregrinação, sua irmandade com as outras viúvas, os ossos encontrados que nunca foram os dele.

María Bonita se acostumou a despertar de manhã e a recordar que alguém na cidade também respirava, e que essa respiração correspondia ao seu inimigo jurado. A simples existência dele lhe injetava o poder da energia. Temeu não escutar a respiração quando esta se transferiu para os hospitais de Londres, mas o oceano a trazia a cada manhã e, ligeira, ela atravessava o mundo e chegava aos seus ouvidos. Distante, mas ainda assim chegava. E agora?, voltou a se perguntar. Amanhã vão enterrá-lo e depois de amanhã os jornais começarão a falar de outra coisa, nenhuma notícia, por mais importante que seja, resiste a tanta cobertura, e a vida continuará e ele já não respirará a cada manhã. E eu?

Como os ponteiros de uma bússola assustada por algum golpe repentino e imerecido, María Bonita estremeceu. Vislumbrou uma verdade: seu norte era seu inimigo. E o inimigo havia morrido.

O roubo

Conheci-a em Dubrovnik.
     O calor era imenso, esmagador. Meu desejo imediato seria voltar ao hotel e descansar, me jogar na cama com o ar-condicionado ligado, como uma alga murcha, cada tentáculo exausto. Pensei que os raios de sol iam me dissolver. Mas minha aflição por voltar a olhar a cidade, que me mantinha enfeitiçada, me fez dirigir meus passos para o centro histórico, para além das igrejas e das muralhas — as mais belas do mundo? —, para além dos turistas e das ruas de mármore, para além da suntuosa Stradun. Embora encalorada, senti como um convite as pequenas e estreitas ruas laterais repletas de escadas intermináveis. Comecei a subi-las e a dobrar em umas e em outras ainda menores, que formavam entre si um verdadeiro labirinto de pedra e grama. Esgotada pelo calor e pela subida — a ladeira era alta, eu já abarcava toda a cidade com o olhar —, sentei-me num banco no lado de fora de uma casa. Era um lugar muito fresco, com o muro cheio de trepadeiras e arbustos em ambos os lados da porta de entrada. Acendi um cigarro. Chamaram minha atenção uns colares que pendiam da grade e, ao observá-los, vi que também havia lencinhos lindamente bordados, todos suspensos no ferro, expostos. Como a porta estava aberta, resolvi entrar. Em um primeiro patamar encontrei uma mesa de madeira: sobre ela, pequenos manequins brancos exibiam outros colares, mais originais e curiosos, talvez mais finos do que os que estavam na grade. Compreendi que o lugar era uma loja, ou melhor, a casa de alguém que vendia aqueles objetos. Subi mais degraus e ali estava a moradia propriamente dita: dava a impressão de que me esperava com a porta aberta.

A sala era fresca e austera. Ao olhar o chão de pedra e as paredes brancas muito grossas, me perguntei quão antigos seriam, tudo o que me rodeava datava de séculos e séculos atrás. Uns poucos banquinhos ao redor, cobertos com um pano roxo, serviam de vitrine para joias e bordados. O aspecto era imaculado. Então apareceu uma mulher, suponho que ouvira meus passos.

Era alta, clara, olhos muito azuis e cabelo branco, solto sobre os ombros. Honrava as mulheres eslavas, provavelmente as mais bonitas do mundo europeu. O que me agradou imediatamente foi seu pescoço longo, que lhe dava uma enorme elegância. E o bronzeado lhe tirava a severidade, uma pele curtida pelo ar e pelo sol. Vestia uma blusa simples, decotada e sem mangas. Parecia jovial e ao mesmo tempo eterna, sem que isso fosse uma contradição, os anos e a juventude conviviam nela. Pensei num rio ou no mar, algo aquático, como se sua alma vagasse longe.

Cumprimentou-me amável, convidando-me a entrar. Provavelmente meu aspecto encalorado a comoveu, porque de imediato ela me ofereceu um copo d'água. Enquanto eu o tomava, comecei a olhar as pulseiras, os colares, a tocá-los, a perguntar os preços, até que topei com um par de brincos que cintilavam diante de mim, como se estivessem me esperando. Eram uma preciosidade: um pequeno brilhante em forma de esfera se prendia ao lóbulo da orelha e três curtas fileiras, do mesmo material, pendiam dela. Pequenos, ínfimos mananciais. Fascinada, tomei-os nas mãos na mesma hora. Não consegui decifrar em qual parte isto era perceptível, mas me pareceu evidente que tinham muitos anos. A mulher me animou a experimentá-los e trouxe um espelho. Foi impressionante constatar como o simples contato com eles iluminava meu rosto. Ela sorriu.

Qual é a origem destes brincos, perguntei, de onde saíram?

Eram meus, respondeu ela, salvaram-se de um roubo.
Um roubo?
Então ela me contou esta pequena história.

* * *

Vinte anos antes, Milka, assim se chamava a mulher, vivia num palacete em frente ao mar, em Dubrovnik, longe da Stari Grad, numa casa grande e bonita inteiramente rodeada de ciprestes. Seu marido, aproveitando o fim do socialismo, se lançara ao negócio imobiliário na cidade, com a ajuda de capitais croatas de diversas partes do mundo, até se tornar um grande empresário hoteleiro. Não conseguiram ter filhos e a vida dos dois, entre as décadas de 1980 e 1990, era delirante — essa foi a palavra usada por Milka —, com a nova liberdade que respiravam, o dinheiro que entrava, os luxos antes desconhecidos e os múltiplos visitantes que eles hospedavam no palacete. Ela atuava como a mais esplêndida das anfitriãs e, sempre que isso acontecia, denominava a si mesma Mrs. Dalloway, enquanto observava por entre os cílios os convidados, com um olhar quase míope, e sentia uma estranha nostalgia. Instalada em frente ao seu toucador, observava-se longamente, achava-se bonita, mas sempre, sempre, algo a inquietava.

Veio a guerra.

Numa tarde de domingo, estava sozinha no grande palacete. Sentada diante do toucador, com o olhar fixado no espelho, ouviu ruídos desconhecidos do jardim. Debruçou-se cuidadosamente à janela e os viu: uns soldados batiam à porta. Batiam com força, e não eram os de seu partido. Correu até o closet, uma sala pequena sem janelas ao lado do quarto, e ali se escondeu. Prendeu a respiração e, imóvel entre um cabide e outro, decidiu que devia se transformar num vestido.

De seu esconderijo, acompanhou todo o percurso dos soldados, com o ouvido atentíssimo, naquela solidão radical: escuta-os abrir a porta a pontapés, seus gritos enérgicos e quase joviais, o passeio entre um aposento do térreo e outro, as exclamações de entusiasmo (não pode deixar de se perguntar o que teriam encontrado para ficarem tão felizes, a prataria? os jarros de seu bisavô?, os gobelins franceses que cobrem as paredes da sala de jantar?). Sabe que estão levando tudo, compreende que é um roubo, e não outra coisa. A casa do inimigo está vazia: adiante. Escuta umas botas que sobem estrepitosamente a escada. Alguém está a poucos metros dela, no quarto. Ouve-os abrir e fechar gavetas. Suas joias. Em poucos minutos abandonam o aposento, descem de volta ao primeiro andar. É imaginação sua, ou estão se instalando na cozinha? Ela sabe que há bastante comida, as sobras da noite anterior parecerão fartas em tempos de guerra. Então compreende que deve esperar. E resolve não enlouquecer. Já não a encontraram, é difícil que voltem ao quarto e abram esta portinha tão insignificante que dá para o closet. Para se acalmar, decide percorrer suas roupas.

Faz quanto tempo que não arrumo isto aqui?, pergunta-se desconcertada, ainda tenho este *robe-manteau*? Cheira os anos de vida no tecido azul-escuro e recorda quando sua amiga Ema lhe presenteou o vestido, porque este já não fechava em sua cintura e ela o deu com um comentário invejoso: em você tudo cai bem. Ema?, quanto tempo faz que não a recorda?, por que foram amigas um dia? A amizade das duas não tinha paridade, era mais uma de suas relações insatisfatórias, Ema sempre quis *ser* ela.

Estende um pouco a mão, sabendo o que vai encontrar: seu vestido de casamento, sempre ali, embaixo de uma capa de náilon. Toca-o. Evoca aquele dia. Não sente nada, e sabe que isso não é culpa dos ladrões. Recorda a noite em que o marido o arrancou, não soube nem despi-la do jeito que ela esperava. Aquela noite em que, depois de se tornar sua mulher por todas as leis, olhou o pai, enquanto saía majestosa da igreja, e quis voltar para casa com ele.

A seu lado, muito próximo do nariz, sente o delicado cetim do vestido que usou uma semana atrás para receber um comerciante francês. O rastro de seu perfume ainda está fresco. Como me senti mal naquela noite, pensa, como era tedioso o francês, toda aquela conversa banal enquanto o marido se desmanchava em atenções, como se não estivesse acontecendo uma guerra. Seu único desejo era ir se deitar, mas isso daria uma impressão ruim. E teve de testemunhar como os copos de vodca se esvaziavam, ela que não bebe álcool. E a mulher do comerciante: nenhuma observação medianamente interessante durante a longa noite. Não quer sentir o perfume, de repente lhe vêm náuseas.

Assim continua, imersa entre os cabides, até que escuta os soldados partirem. Abandona o esconderijo. Antes mesmo de entrar no salão ou na cozinha para ver os estragos, tira tudo o que há dentro do closet e começa a guardar aquilo em grandes sacolas plásticas. Desce a escada com bastante esforço, são muitas roupas. Coloca-as dentro do carro. Parte para aquele lugar onde se entrega ajuda para os refugiados. Entrega tudo. Volta ao palacete. Caminha pelo caos em que transformaram a cozinha, vai até o salão e passeia o olhar, constatando tudo o que levaram.

Volta ao dormitório, pega uma grande bolsa de couro que antigamente usava para ir passar os fins de semana com os pais e mete algumas coisas dentro. Só o básico. Depois veste o casaco e, com toda a calma, desce a mesma escada pela qual, momentos antes, os ladrões e sua roupa desceram. Pensa em sua amiga Tania, que vive bem no coração da zona antiga, em um labirinto inteiramente de pedra. Pensa que quer ver o que não existe. Pensa que nunca mais voltará a pisar no palacete. E assim faz.

Milka me entrega os brincos quando eu já paguei e tomei o delicioso café que ela me preparou.

Como os brincos se salvaram?, perguntei.

Eu estava com eles naquele dia, responde. Se você os perder, não se preocupe, já sobreviveram mais do que o esperado.

Na Bósnia

As muralhas são construídas para conter o mar, não é?
 Ou para deter o inimigo.
 Transpiram as pedras neste meio-dia no calor de agosto, transpiram as árvores e transpira o sol. Diante deles, na fronteira, foi detido um caminhão, levava dentro vinte e dois cabritos mortos, é contrabando, disse Fabio; Eloísa foi contando-os um a um, espantada com que não os tivessem mutilado, os corpos perfeitos mas com o couro inteiramente arrancado. Dois funcionários, um segurando o animal pelas patas dianteiras, o outro pelas traseiras, descarregavam-nos para lançá-los de imediato a uma lixeira, vinte e dois, as carinhas estavam intactas. Eram jovens, carne preciosa, quantos quilos somariam?, deveríamos ser vegetarianos, diz Eloísa a Fabio. Concluída essa lenta operação e esvaziado o veículo, olharam para o interior e viram o sangue também no pavimento e na lixeira.
 A mãe de Eloísa costumava lhe repetir um provérbio de Salomão: "O coração alegre é bom remédio e faz com que o rosto seja formoso. O espírito triste seca os ossos." Ela pensa que os cabritos não tiveram tempo de secar. Sortudos.
 Vão rumo a Móstar, na Bósnia-Herzegovina. Um lugar emblemático, diz Fabio, e lhe fala da ponte, daquela preciosa ponte, símbolo das culturas cristã e muçulmana, bombardeada durante a guerra. A somente duas horas da fronteira. Depois de atravessá-la, já em terra bósnia, detêm-se um tempinho em Neum, tomam uma água mineral que os refresca da longa espera com os passaportes na mão e das labirínticas entradas e saídas da Croácia para chegar ao país vizinho. Limpam o suor do rosto, molhados de fragrante umidade, de calor e sol. Quando Fabio fala, seus olhos se tornam meio

pensativos e se apequenam, depois ele inclina a cabeça para a esquerda, como se toda palavra merecesse ser sopesada.

A caminho de Móstar há uma aldeia muito bonita, diz, vamos parar ali um instante, é toda de pedra e não tem mais do que cem habitantes, você vai gostar. Eloísa teme que seu interesse pelas palavras de Fabio e a tentativa dele de transformá-la em alguém com admiração e curiosidade se esfumem, presa como está em recordações inúteis. (O som das chaves no dia em que Juan as devolveu. O leve tilintar daquele metal leve. Aquilo já passou, aconteceu meses atrás no Chile, diz Eloísa a si mesma, não tem a ver com as aldeias antigas nem com a Guerra dos Bálcãs. Mas a imagem volta e volta, persistente: as chaves do apartamento, que Juan guardava no bolso, eram o símbolo de sua própria pertença. Se Juan tinha as chaves da minha casa, eu era de Juan; mas Juan as devolveu.) É esse leve tilintar que interrompe as palavras de Fabio, e não só suas palavras nesse instante, mas também sua extraordinária abertura, quando a convidou a passar uns dias numa *villa* da família dele na Toscana e depois lhe propôs esta viagem pelos Bálcãs em seu pequeno Fiat.

O rio agrada a Eloísa, sobretudo o rio, fresco, verde e cristalino, primoroso. Faz o mesmo caminho deles. O Neretva, diz Fabio. E então ela vê a aldeia, pendurada na rocha, à direita do rio, construída sobre a encosta de uma colina. Distingue de longe um minarete e a torre de um relógio. Uma pequena cidade medieval fortificada. Eloísa pensa em como seria viver junto a cem habitantes. Deixam o pequeno Fiat fora da aldeia e começam a escalá-la a pé. Ninguém à vista. O calor faz as pessoas se esconderem, pensa Eloísa. Em plena rua, topam com um pequeno bazar repleto de suvenires, atendido por mulheres com saias longas e cabeça coberta. Entretém-se olhando os colares, gosta de um de cobre com duas circunferências entrelaçadas, segura-o por um instante pensando se o compra ou não, mas logo decide que não deve gastar seu dinheiro; se ceder à tentação de alguma coisa em cada aldeia, não lhe restará nada. De longe escuta umas vozes, uns cânticos, olha para cima e vê como se destaca a grande mesquita. Eu gosto dos salmos, diz a Fabio. Continuam subindo pelas construções de pedra, como se as casas nascessem da rocha, só um prolongamento do material. Fabio lhe conta sobre os bombardeios, do estado em que ficou a aldeia depois da guerra e como a reconstruíram. E que o sino da igreja principal repicou a cada dia, até que o fundiram para fazer balas na Grande Guerra. Eloísa escuta tudo, toca a pedra, olha as sacadas das casas, olha o rio. Volta a tocar a pedra e pensa na guerra, pensa no que aquelas rochas suportaram, nos lamentos, nos gritos, nos disparos. Pensa nos vinte e dois cabritos, também aniquilados. Procura as cicatrizes.

Avista numa esquina um pequeno restaurante cujo terraço está inteiramente coberto por parreiras. O verde da planta é como o verde do rio. Eloísa convida o amigo para tomar um café. Ainda não encontrou um só lugar na região cujo café não seja maravilhoso. Entram no local e esperam um bom tempo para ser atendidos, será o único lugar da aldeia onde servem comida? Há dois franceses na mesa ao lado, primeiro indício de turismo. Enquanto o café não vem, Eloísa atenta para um aviso instalado casualmente embaixo da parreira. Escrito a mão, em inglês, diz que estão procurando garçonete. Entre parênteses, acrescenta-se: "casa e comida". Fabio está lhe explicando a cidade, aperta os olhos e inclina um pouco a cabeça para falar dos muçulmanos, e Eloísa, entre referências ao Império Otomano e ao Austro-Húngaro, pensa no tilintar da chave quando Juan a devolveu, em seu país tão distante, na quantidade de lágrimas que derramou, na inutilidade da fuga. Recorda haver atravessado o Atlântico escapando daquele tilintar, sentada ao lado da janela com o coração partido. Recorda ter olhado as nuvens, o lombo de uma série de ovelhas com o pelo emaranhado que se reuniram para conversar entre si, absolutamente indiferentes à passagem explosiva de um avião, tantos anéis brancos, volumosos e carnudos, tão sociáveis uma ao lado da outra, grudadinhas. Quando são muitas, tapam o sol — algumas vezes, distritos inteiros —, enquanto os humanos lá embaixo, na sombra ou na penumbra, esperam pacientes que elas terminem seu bate-papo. Para Eloísa, naquele momento, se o sol iluminasse um pedaço de terra, só demonstraria que o mundo revela insubstancialidade e insignificância. Estende a mão automaticamente para tocar, mas não toca nada e esse vazio se chama dor. Desta vez, ninguém poderá ajudá-la. Recorda quando se sentia sozinha na infância e sua mãe saía à rua para procurar os amigos que ela não tinha, entrava pela porta trazendo pela mão uns garotinhos que de fato brincavam com ela, será que a mãe pagava para eles virem?, pergunta-se Eloísa cruzando o Atlântico. E um dia se flagrou fazendo o mesmo com seu gato: caçando-lhe as mariposas que ele não conseguia alcançar e entregando-as como se o produto da caça fosse triunfo do gato. A proteção. (Aquela que os cabritos da fronteira não tiveram.) Chegou à Itália e se sentiu repentinamente vazia, como que privada de algo. Então conheceu Fabio.

Está cansada?, pergunta Fabio quando a vê massageando a parte inferior das pernas. Estão doendo?

Não, não, responde Eloísa, não me dói nada, mas sabe?, tenho medo de que meus ossos sequem.

Tomam o café, Eloísa já se acostumou a pedi-lo duplo, um *espresso* duplo aonde quer que vá, o outro é muito pequeno e a deixa insatisfeita. O dono em pessoa os atende: um homem alto, forte e grande como todos os da região, mais escuro do que os do litoral, com um avental amarrado na cintura. Tem a cabeça raspada e lhes fala em italiano. Ela pergunta se ele já conseguiu a garçonete que procura, o homem diz que não, que está esperando que respondam ao seu anúncio. Eloísa sente um enorme bem-estar entre o efeito do *espresso* e a sombra da parreira. Pensa que ainda deve chegar a Móstar e em seguida a Sarajevo e se pergunta para quê. Pensa também nos vinte e dois cabritos esfolados com suas caras intactas.

Quando Fabio, depois de pagar, se levanta da cadeira para partir, Eloísa permanece sentada. Vamos, diz Fabio, mexa-se, temos de chegar a Móstar para o almoço. Não, responde Eloísa, vá sem mim.

Ao subir os degraus de pedra do restaurante, que como todas as casas de Pocitelj dão para o rio, escuta mentalmente a voz de Fabio e suas palavras de despedida: será que você não é uma daquelas mulheres de muitas emoções e poucos sentimentos?, e ouve a si mesma respondendo: talvez, provavelmente.

O balneário

Era uma vez.
Era uma vez o quê?
Um balneário e uma mulher. Na opinião da mulher, deitada na cama com o quadril fraturado e a janela aberta como simples lembrete de outras existências, os balneários são um horror, uma peste, só uma masoquista igual a ela escolhe viver ali, embora de imediato recorde que não houve escolha. O cheiro de creme e de bronzeador barato jorra dos corpos encalorados, brilhantes e besuntados que ocupam as ruas e se permitem inundá-las em uma nudez obscena, por que não?, se é um balneário? Há carnes de todo tipo: vermelhas, brancas, rosadas, compactas e duras, flácidas e gordas, queimadas, cada uma com um toque incandescente. Carregam nas mãos diferentes objetos: toalhas, cestas de praia, boias infladas, bolsas com piquenique, pranchas de surfe, às vezes até jet skis. Já não são baldinhos e pás de plástico para as crianças brincarem na areia, como em sua infância, que nada, se já não existe areia, tudo tão, tão repleto, agora são brinquedos adultos que a ela, de sua janela, parecem grotescos. Falam alto e gritam e riem como animais engasgados, unem os sons das gargalhadas roucas ao das estridentes e nos boliches se desatam com a cerveja e os berros porque — como não! — estão de férias. Todo dia aparece uma nova construção, apressada, feita num piscar de olhos e pronto, os russos pagam, comprimem e espremem os metros quadrados para abrigar aqueles personagens lambuzados, sempre cheios de alegria obrigatória e precária, e para tirar partido da pouca vista que resta desse pobre mar que não tem nada a ver com o assunto. Em um balneário não há controle sobre a arquitetura, é tal a cobiça das prefeituras para

aproveitar o território que aprovam planos e projetos sem pé nem cabeça, isso sem falar da regulação de alturas e de estilo, porque os montenegrinos necessitam desesperadamente de mais e mais edifícios para o lugar onde se instalam, não importa se frágeis, se feios ou desproporcionais. Precisa-se de mais e mais banhistas. Não há uma só rua na cidade que não se transforme quando chega o verão. E não há uma só loja que venda algo que valha a pena. Os turistas consomem tudo, desde as Coca-Colas e batatas fritas até os óculos de sol por dez euros, os colares e pulseiras de plástico que os comerciantes fazem passar por coral e turquesa. No balneário, tudo é um pouco falso.

Agradece a Deus o fato de só ver de seu quarto a rua principal que leva ao mar, e não a própria praia. Pensa que não poderia suportar isso, essa maré humana brigando por um centímetro onde colocar a barraca ou a toalha, grudados uns aos outros como manadas acaloradas e inquietas, todos ansiosos, todos infelizes.

Desnecessário dizer que esta mulher não gosta de gente. Não tem problemas com as pessoas em particular, mas com *a gente* em geral.

Tem objeções de todo tipo, começando pelos ruídos e pelos odores. Seus problemas com os odores de ambiente fechado ou de falta de limpeza não são morais, mas físicos. Gaba-se de suas capacidades olfativas (nunca acendi um cigarro em minha vida, diz aos vizinhos) e detecta a um metro de distância quem tiver dispensado o chuveiro naquela manhã. O mau hálito agride-a pessoalmente como uma afronta, e ela escova os dentes cinco vezes por dia. Os ruídos a destroem: a motosserra das novas construções, os gritos dos veranistas, a música alta, a rádio mal sintonizada, as buzinas dos carros quando se armam os inevitáveis engarrafamentos na rua principal do balneário. E, pior ainda, as pessoas que falam aos berros pelos celulares.

Enfim.

Essa é a história de uma mulher e sua solidão.

Essa mulher se chama Irma e, embora viva há muitos anos na República de Montenegro, conserva sua nacionalidade chilena. Como vim parar aqui?, pergunta-se, quando sente o cheiro do bronzeador das mulheres na calçada. Sua casa fica na localidade de Igalo, perto da fronteira com a Croácia. Não vivem ali mais de quatro mil habitantes, embora a proximidade com Herceg Novi, uma cidade bem mais atraente, confunda as pessoas. Os nativos de Igalo, os mais velhos, apegaram-se à ideia de que seu balneário era esplendoroso; até Tito mantinha ali sua casa de verão, costumam recordar. Mas hoje só vêm os croatas pobres para os quais seu país se tornou muito caro, os habitantes do Leste Europeu cujas economias ainda não conseguem decolar e os montenegrinos do interior. Os russos ricos não param ali, passam ao largo até os arredores de Budva ou de Sveti Stefan, em busca de uma frivolidade real. Era meu destino, como não haveria de me caber a escória?, lamenta Irma, olhando pela janela. Espera a fisioterapeuta para fazer seus exercícios e volta a olhar pela janela.

Havia conhecido Dragan em seu país natal, muitos anos atrás, muitos mesmo. Ele estava passando as férias numa vila de Quilicura com familiares que haviam aterrissado ali depois da Segunda Guerra, escapando da pobreza que assolava o velho continente, da incerteza e do socialismo que começava. Irma o olhou de esguelha num dia em que viajavam num micro-ônibus, ela sentada e ele de pé, segurando-se à barra. Desceram no mesmo ponto e, quando viu que ele estava perdido, aproximou-se para ajudar. Gostou que ele fosse imenso, que seus cabelos crespos caíssem tão graciosamente sobre os olhos e que falasse o espanhol com tanta dificuldade. Ela, de estatura baixa, havia passado toda a infância e a juventude tentando compensar na personalidade o que lhe faltava em altura. E foi essa gentileza que cativou o estrangeiro. Ele a convidou para entrar na vila quando chegaram à porta e ela aceitou, com suficientes esquiva e pudor para se mostrar decente. Entre um copo e outro de refrigerante Bilz, Irma procurou lhe explicar seu país. Mais tarde, ele comentaria com ela: não sei o que me dizem, mas sei como dizem.

A família de Irma era dona de um pedacinho de terra perto de Quilicura, uma gente modesta que possuía algumas vacas com cujo leite sua mãe fazia um queijo fresco delicioso, que mais tarde vendia na estrada (antes que se transformasse em autopista). O pai era dono de um armazém no qual trabalhavam ele mesmo e os outros filhos. Irma não recorda que lhes tenha faltado nada, nem comida nem educação. Quando, mais tarde, foi apresentada à família de Dragan, este explicou aos parentes que a namorada era filha de um pecuarista da zona central (os montenegrinos não tinham como saber que os pecuaristas estavam todos no Sul). Até hoje, a família postiça ignora que o pai dela só possuía quatro vacas, e que as vendeu para comemorar o casamento.

Dragan era uma pessoa de aspecto reconfortante, mas nunca parecia ter algo a dizer. Irma o via como um bichinho de estimação e não se inquietava com o silêncio dele. Aborrecia-se um pouco com aquela sua capacidade para restringir os próprios sentimentos: sempre que revelava algo, ele o anulava de imediato, ou com uma brincadeira, ou com a autodepreciação, ou erguendo os ombros para encerrar a ideia. A gestualidade de seu corpo tendia à contenção, ele nunca se deixava levar de todo. Ela considerava saudável dar nomes aos sentimentos, e assim atenuar a intensidade emocional. Mas ele zombava disso: as mulheres partem olímpicas e terminam enredadas.

Irma aprendeu muitas coisas em seu novo lar. Entre elas, que o grande divertimento dos montenegrinos até a Grande Guerra era cortar cabeças e depois expô-las; quando algo os impedia, cortavam orelhas e narizes. Sempre tomou a precaução de não provocar aquele seu montenegrino, orgulhoso e libertário até a medula.

Desde o primeiro dia, Irma amou seu segundo país. Olhar o Adriático era como beber um vinho frutado, não se cansava dele. O que mais a emocionou, porém, sempre foram aqueles enormes montes negros que cobriam suas costas. Enormes e muito negros.

Sempre estava resguardada.

Viviam na baía de Kotor. A majestosa baía com suas águas e seus precipícios. Cattaro, chamaram-na os venezianos em seu longo reinado sobre ela. Tão negra sua paisagem, tão verdes seus sopés. Recém-casados, acolheu-os a aldeia medieval com seus muros enormes, e ali Dragan e ela viveram na Stari Grad, num pequeno apartamento cuja janela dava para os montes e de onde ela podia olhar a longa extensão, até as colinas, da grande muralha que um dia protegera a povoação. Têm colhões estes montenegrinos, dizia ela a Dragan, olha que construir uma muralha deste tamanho, só na China. (Mais tarde voltaria a dizê-lo — já não a Dragan — quando se tornaram independentes da Sérvia: independentes?, mas se são apenas seiscentos mil habitantes, como pretendem se manter?, têm mesmo muito colhão!)

Ele trabalhava no restaurante da esquina — propriedade de uma cooperativa — como chefe dos garçons; ela em casa, ao lado do forno, fazendo confeitaria para o mesmo restaurante. Tinha aprendido desde pequena com a mãe, a qual, além de ser uma especialista em queijo fresco, tinha boa mão para tortas, queques e docinhos. O dia a dia era plácido, Irma o achava bastante agradável. O socialismo não os incomodava, não eram hostilizados nem reprimidos, apenas era difícil às vezes, para Dragan, sentir-se irmão dos muçulmanos ou dos católicos das terras vizinhas. Ele continuava frequentando sua igreja ortodoxa, uma linda construção medieval bem no centro da Stari Grad, e o rito e a ornamentação desta cativaram Irma bem mais do que a Igreja Católica o fizera no Chile. Ali criaram o pequeno Sasa. Às vezes Irma caminhava pela aldeia e se concentrava nos mármores vermelhos do solo das ruas, gostava de pisá-los, parecia-lhe um luxo que sustentassem seus pés. Era então que pensava: a vida foi generosa. E procurava não esquecer a origem da palavra *Bálcãs*: mel e sangue. Tinha plena certeza de estar provando o mel e, com certa inquietação, perguntava-se: por que o sangue?

* * *

A fisioterapeuta chega, abre a porta do apartamento com a mesma chave que Irma deixa embaixo do capacho para Danitza, a moça que vem todas as manhãs para fazer sua higiene e lhe dar comida. Dirige-se ao quarto cumprimentando-a: como está meu amorzinho hoje?, dormiu bem essa noite, minha menina? Irma não gosta dela, e não só por sua linguagem estúpida: o que detesta na fisioterapeuta é a permanente descrição que ela faz de si mesma sem que ninguém lhe peça. "Eu sou direta e digo as coisas", "Eu sou pontual, pontual como um relógio", "Sou uma fera para os remédios, não esqueço nenhum", "Sou genial com quadris fraturados, genial, paciente meu nunca reclama".

Hoje avisa que é seu último dia, que a partir de amanhã precisam dela em tempo integral no hospital, mas que Irma não se preocupe, seu substituto é quase tão bom quanto ela.

Irma ergue os olhos para o céu e agradece. Finalmente se livrará dessa presença incômoda. Em seu leito de doente, fala com muito pouca gente, não quer desperdiçar a energia, que é tão escassa por esses dias, numa relação pouco gratificante.

Irma é uma pessoa vital. Desenvolve uma enorme atividade em sua confeitaria (que hoje os turistas desfrutam), em trabalhos domésticos, em providências, em Belgrado quando vai ver os netos. Mas o que drena sua energia são as pessoas. Ela não é antissocial, é capaz de sentir afetos e empatia, mas, no próprio exercício da relação com o outro, se cansa. A cada duas sextas-feiras, por exemplo, Iván, o dono do açougue uma rua mais acima, vem jogar baralho com ela. Inspira-lhe simpatia. Contudo, quando chega a noite — depois que ele partiu —, ela se deita na cama, fecha os olhos e, esgotada, sente falta da energia que Iván lhe tirou. O mesmo lhe acontece com Silvana, a italiana grandona e divertida que trabalha na lavanderia. São amigas há quase vinte anos. Contudo, quando a convida para comer ou para experimentar alguma torta nova, Irma considera de mau gosto que a amiga prolongue a visita para além do café. Bem sabe que isso não obedece a razões nem éticas nem relacionadas com a formalidade, mas ao seu cansaço. Quando Silvana fecha a porta ao partir, ela chega ao quarto quase tateando, deita-se na cama como sempre faz quando fica sozinha e escuta o silêncio. Tudo o que necessita para continuar o dia é não se envolver afetivamente com ninguém. O outro quebra algo em seu interior. Irma sabe que esse algo não é obscuro nem complexo, é somente energia. Pergunta-se como fazem as pessoas, as que conseguem interagir com os demais, para não sentir que lhes roubam a alma. Pergunta-se se não estaria levando uma vida muito isolada desde a guerra. Se o abandono de seu apartamento em Kotor e da linda baía não lhe arrancou algo para sempre. Pergunta-se se a viuvez não a secou. Se aquela carnificina que a deixou sem marido não a quebrou de forma irreversível.

Deitada em sua imobilidade obrigatória, pergunta-se por outros lugares, os mais próximos. O Danúbio, por exemplo, será verde ou azul o Danúbio? Mas imediatamente se responde: posso morrer sem saber, e não importa nada.

Escuta o som da porta de entrada que se abre. No umbral do quarto aparece um rapaz com aspecto de veranista. Traz na mão um avental branco, mas isso não impede Irma de emitir juízos silenciosos: esta bermuda cáqui, esta camiseta com marcas de suor, esta pele suada e oleosa, estes músculos expostos, como se ele precisasse exibi-los. Só falta mesmo a prancha de surfe, pensa. Além disso o cabelo é crespo, como o de Dragan, mas muito louro e bem mais comprido do que o de seu marido.

Lá fora faz quarenta e dois graus de temperatura, como se isso não o afetasse em absoluto. Em seguida ele se apresenta como o novo fisioterapeuta. Baldo.

Enquanto o rapaz se aproxima de Irma para começar os exercícios, ela nota que ele não tomou banho. Esquece sua premissa de que todo corpo malcheiroso é um corpo seboso e, em vez de condená-lo, pensa: é como um animalzinho. Sente aquelas mãos trabalhando sobre seu pobre corpo e bendiz o pouco de riso que há nos olhos desse jovem. Vem-lhe uma enorme tentação de tocar aqueles cabelos louros. Ele não a chama de senhora, mas de Irma, e só.

Seu anel é muito bonito, comenta Baldo ao terminar a sessão, enquanto tira o avental branco.

Você tem bom olho, responde ela divertida, este anel é a única coisa que meu defunto marido me deixou.

Nestas terras ninguém pergunta pelos defuntos. Para quê? Baldo também não o faz. Apenas admira o pequeno brilhante incrustado no ouro. Irma se sente um pouco desleal com o passado, afinal seu marido não lhe deixou este apartamento em Igalo? Claro, poderia ter sido em Kotor, mas ele o herdou dos pais, não o escolheu, pobre Dragan, como ia desconfiar que a guerra o levaria? E aqui está ela, plantada neste balneário, com saudade da antiga pedra silenciosa das casas de Kotor.

No dia seguinte, ao chegar, Baldo exclama: mas como Irma está perfumada hoje! Ela o acha perspicaz, será que qualquer homem teria notado sua fragrância? Enquanto ele se inclina para ela e faz o gesto de cheirá-la, Irma sorri com amplitude. Faz séculos que não sorri desse modo.

O fisioterapeuta lhe exercita os quadris com concentração e cuidado, contando os minutos para terminar e ir à praia, ela é sua última paciente desta manhã, conta, e ele se dá ao luxo de tirar as tardes livres. Não tenho obrigações, explica, faço o que quero.

Sorte sua, responde Irma, com certo sarcasmo.

Ele volta a admirar o anel e ela recebe contente a admiração.

No terceiro dia, Baldo comenta, assim que a vê, o quanto ela está bonita com aquela camisola. É nova, diz ela, pedi a Silvana que me comprasse ontem. Ele graceja sobre a quantidade de botões que a enfeitam, são pequenos, brancos e redondos, refulgem como pérolas. Acaricia-lhe de leve o cabelo, depois põe a mão em sua nuca e a massageia. Por acaso um homem qualquer notaria que sua camisola é nova?

No quarto dia, ele encontra o dormitório com uma grande jarra de flores amarelas. Admira as flores.

No quinto, com música de Chopin ao fundo. Admira a música.

No sexto, seu último dia — o hospital vai trocar a equipe de novo —, ele diz que, como despedida, fará nela a melhor das massagens. Obriga-a a sentar-se ereta na cama e se concentra no pescoço e nos ombros. Seus dedos rebuscam entre músculos tensos e esquecidos e os devolve à vida. Como um ilusionista ou um feiticeiro, um mago cheirando a óleo de bronzear. Quando ele termina, ela desabotoa a camisola, pérola por pérola: se ele percebe tudo, vai pressentir. Como despedida. Ignora aquela pequena cintilação nos olhos de Baldo, pois não quer esquadrinhar um desconcerto ou uma confusão. Quando ele aproxima as mãos, dócil, para satisfazê-la, Irma tira discretamente o anel do dedo. Deixa-o na mesinha de cabeceira. Fecha os olhos.

Outono

Querida mamãe,

Antes de mais nada, relaxe, guardei o sarcasmo numa gaveta da cozinha e neste instante sou tão doce quanto um bombom. Estou aqui, instalada em sua casa; imaginei que, em sua ausência, seria bom dar a ela um pouco de vida. Você não deixa nada ao acaso, é claro, e seu fiel Gaspar cuida e limpa, mas mesmo assim eu arejei, corri cortinas, abri janelas e assim permiti que a cada manhã o sol esconda ou dissimule algumas marcas nas paredes.

Ambas sabemos o quanto ficou difícil minha existência nos últimos tempos, e por isso poupo você de qualquer explicação e, de passagem, poupo também a mim mesma. Não que me empenhe em procurar culpados, mas sem dúvida eu ainda teria marido e trabalho se não fossem os famosos "in vitro" e toda a energia que me exigiram (nisso estamos de acordo, suponho!). A simples ideia de voltar às clínicas e aos ginecologistas me horroriza, você não sabe o quanto me alivia deixar tudo aquilo para trás. Acho que nunca mais voltarei a abrir as pernas, seja lá para o que for! O que me surpreende é que, sabendo de ciência certa que a maioria dos defeitos dos filhos é cem por cento herdada das mães, você tenha sido tão prolífera e que a reprodução não lhe tenha significado grande problema. Estranho, não é? (falo de estranheza para não falar de justiça).

Não sei se você está sabendo que entreguei o apartamento que alugava. Bom, não, você não tem como saber, isso acaba de acontecer. Quando me demitiram do emprego, o desgraçado do Jorge prometeu continuar pagando, o que era justo, já que eu não contava mais com meu salário e ele também desejava a gravidez, eu não era a única obcecada (não esqueça que o hipotético filho teria sido também dele). Mas parece que se apaixonou por outra, ou algo assim, e me avisou que o acordo tinha acabado. Você dirá que eu devo levá-lo à justiça, não? Talvez, ainda sou a esposa legítima, mas, enfim, não é um assunto que me ocupe por enquanto, vou deixá-lo mais para a frente. Se sua linda casa me hospeda neste momento, por que me preocupar? Sei que você gosta de morar sozinha, mas não vai ser egoísta a ponto de reclamar, certo? O que eu quero dizer é: você não deve ter se tornado uma fanática da solidão, ou será que estou enganada? Seu filho mais velho — ou seu filho único, tal como gosto de chamá-lo — insinuou que era uma desfaçatez da minha parte chegar aqui e me instalar sem mais nem menos, diz que isso não se faz, nem sequer com a casa de uma mãe.

Dediquei-me a caminhar pela cidade. O outono começou — você está na primavera, não é? — e o ar ainda tépido se harmoniza com meu corpo, eu quase escuto o agradecimento dos meus pobres músculos ante o exercício. Bem sei que esta deveria ser uma atividade permanente, mas, para falar a verdade, me parece meio banal — para não dizer ocioso — viver em torno da escravidão do corpo, havendo outras mais relevantes. No fundo, minha mãe, tenho muita preguiça de me dedicar às coisas às quais as mulheres se dedicam.

Na realidade, caminho pela cidade porque me afeiçoei aos parques. São lindíssimos e penso que hoje os vejo pela primeira vez. Também há praças muito bonitas, aonde vão as jovens mães com seus filhotes durante aquelas horas frouxas nas quais não sabem o que fazer consigo mesmas nem com eles. Sei que você jamais pisou numa praça, e era a babá que nos levava, mas não tenho a impressão de que as mães de hoje sofram por fazer isso. Parecem até contentes, eu diria. Ainda existem babás, como em sua época, porém menos. A escravidão está se extinguindo.

Vou lhe evitar o chavão de contar sobre as folhas nas calçadas, mas o outono está dotado de cores majestosas.

Pela agência de adoções, fiquei sabendo que meu caso é pouco animador. Sem esperanças, para ser mais exata. Uma mãe solteira — não importa que meus documentos estabeleçam um casamento, se na prática este não existe — não tem a mínima chance, segundo as leis deste país. Ou, para definir de outro modo, ninguém fala isso claramente, mas, na verdade, na lista estarão na frente todas, escute bem, todas as outras mulheres que se candidatam a adotar um filho. Talvez eu devesse dizer *famílias* em vez de *mulheres*. Bom, ninguém melhor do que você sabe a diferença entre esses conceitos, não preciso lhe explicar.

Então, em meus passeios outonais, penso na injustiça. Não que pense maniacamente, mas penso. (Algumas vezes, por culpa de minha concentração, quase fui atropelada. "Maluca!", me gritou um motorista dias atrás, "a senhora está maluca!".)

Ah! Seu carro. Estou usando seu carro, magnífico este Audi, não sofra, estou cuidando dele para você. Ontem o estacionei em frente àquele parque ao lado do rio, esqueci o nome, ali onde morava sua amiga atriz, lembra?, é um lugar maravilhoso, há uma pequena cidadela; chamo-a assim para nomeá-la de alguma forma, é um claro entre as árvores onde instalaram balanços, casinhas de bonecas, gangorras. Por muito tempo me distraio olhando as pessoas, gosto de olhar as pessoas e de lhes inventar histórias (lembra como você me acusava de fabuladora, quando eu fazia isso na infância?). Surpreendeu-me uma babá — sim, já lhe contei que ainda existem — que estava cuidando de duas crianças. Uma era um garotinho de uns três anos e a outra, muito pequenina, poucos meses, dormia em um carrinho. Quando passei ao lado olhei longamente a menininha, e era uma preciosidade, tinha um sinal acima do lábio que me lembrou de Cindy Crawford, e imaginei que ao crescer seria tão linda quanto ela. O menino era um rebelde, e notava-se que a pobre babá não podia com ele e que devia persegui-lo a cada vez em que ele escapulia para longe e insistia em subir nos balanços das crianças maiores, aqueles que não têm barras de proteção. Pois bem, previsivelmente, o menino caiu de um desses balanços, que ficava um pouco longe do banco onde eles tinham se instalado, e a cansada babá teve de sair disparada para levantá-lo do chão e limpá-lo e consolá-lo, deixando a pobrezinha do sinal à la Cindy Crawford sozinha, abandonada ao lado do banco.

    Verdade seja dita, mamãe, é uma irresponsabilidade mandar as crianças à pracinha acompanhadas de babás. Somente uma mãe as protege como Deus manda. Acho que você foi francamente ousada conosco, sabe-se lá a quantos riscos nos submeteu.

    Mas, ao começar esta carta, eu escrevi que hoje não estava para desânimos. E digo isso de verdade. Quero afirmar, perante você, que pela primeira vez em muito, muito tempo, me declaro uma mulher feliz. Os sofrimentos ficaram no passado. Você precisava ver meus olhos e o orgulho que se desprende deles. Orgulho de quê?, se perguntará. Bom, você mesma vai ver quando chegar. Não sei se me expandi muito, mas o objetivo desta carta era lhe contar que tenho uma surpresa. Tomara que sua curiosidade seja suficiente para antecipar seu retorno.

    Despede-se sua filha, que a ama.

    P. S. Você sempre gostou de Cindy Crawford, não é?

O homem do vale

Hoje é um dia muito importante.
Por fim desatou-se a tormenta.
Entrei em ação.
Quando saí de minha casa depois do amanhecer, entorpecida, olhei-a pela última vez. Casa de merda. Telhas de zinco, como trapos, enrugadas uma sobre a outra, a superfície nunca nivelada, esmagada por essas pedras tão pesadas, grandes e feias que usamos para evitar que partam voando, sempre os buracos traidores por onde a água se filtra; se fosse um pássaro e olhasse do céu, eu veria os remendos de material como um daqueles cobertores que minha mãe fazia com quadrados de lã de tamanhos e cores diferentes para aproveitar cada fibra. Não que todos esses acréscimos aquecessem muito, mas, enfim, ali estavam sobre nossas camas e já eram alguma coisa, assim me ensinaram, sempre já é alguma coisa. Por isso os pedaços de zinco são melhores do que nada, mas são uma merda. Minha casa. Vivo no povoado Aconcagua Sur, em Quillota, bem à esquerda da ponte de Boco, a pior zona da cidade, ou quase. As casas dos meus vizinhos são tão horríveis e frágeis quanto a minha: sempre algum vidro quebrado, com tábuas nas janelas para segurar o vento e deter o frio, as madeiras rangendo, as portas que não fecham. Tudo é cor de barro. Bom, por todos os lados é assim, basta que o verão termine para que o povoado se transforme num lamaçal e a pessoa fique imunda sempre que sai para trabalhar ou fazer alguma compra na esquina, e as solas dos sapatos e as bainhas das calças permaneçam sujas durante toda a estação. Não sei o que aconteceu com o verde, o fato é que não há nada desta abençoada cor. Aqui nunca se plantou uma árvore.

Você vai até a porta e olha os montes, o de La Campana é o mais majestoso, ali, sim, é que está o verde, como é que pode, eu vivo no centro do vale do Aconcágua, terra fértil e valiosa, dizem, a fruta brota em qualquer ramo, a verdura em qualquer canto, algum conquistador até quis instalar aqui a capital, tão bom é este lugar no mundo, com seu maravilhoso rio atravessando tudo, como uma raposa disparada que corre e corre, deixando suas pegadas por onde vai, sem saber o caminho. Mas a verdade é que o rio nem é mais rio, com a seca se transformou numa piada de mau gosto, numa serpente magra e enfraquecida que atravessa as terras, morta de fome. E minha casa de merda fica a poucos metros do rio. Como não me perguntar, então, porque não me coube nem um pouco mais? Um pouco mais de tudo, de verde, de fruta, de água. De grana.

    Nem sempre fui pobre assim. Minha vida prometia mais. Até uma boa educação eu tive. Quando nasci, minha mãe trabalhava em outro vale da região, para uma senhora de alto nível, dona de muitas terras, mas de saúde ruim, e minha mãe cuidava dela. Trabalhava ali havia uns oito anos quando um dia começou a vomitar. A Senhora a mandou ao médico, seria uma infecção intestinal, seria um vírus...? Nada: era eu. Todos ficaram paralisados, mas como?, se a Maruja é uma boa mulher, como foi aprontar esta? Envergonhada, minha mãe se dispôs a não me parir. Só sobrevivi porque a Senhora era muito católica e não aprovava o aborto. E o que vamos fazer com seu bebê, Maruja? Essa era a pergunta que mais se ouvia pelos corredores da fazenda, à medida que a barriga crescia. Em geral, nenhuma das mulheres da casa gostava muito dos filhos da Senhora: eles eram muito arrogantes, no dizer da cozinheira, muito santiaguinos, exibiam-se com os carros, o dinheiro, os fundos, a herança, e deixavam em nossas mãos toda a parte dura e aborrecida da vida de sua progenitora. Uma das filhas se salvava, era mais carinhosa e suave, e foi ela que chamou sua mãe à ordem, a minha a escutou: temos que criar esta criança nesta casa, mamãe, é o mínimo, a Maruja merece, você tem espaço e tem recursos, e quem sabe se apega a ela. A Senhora olhou o teto com uma careta que sempre fazia, mistura de soberba e ceticismo, mas deu ouvidos à filha. Não vou encompridar a história, o fato é que nasci naquela maravilhosa casa de campo e fui bem-vinda. Afinal, eram apenas mulheres sozinhas as que viviam ali, a Senhora e suas empregadas e cuidadoras, e então a chegada desta criatura — eu — se tornou, quem diria, uma sorte. Fui mimada e cuidada ao extremo. A única voz cantante, fresca e inocente naquele pedaço de terra. De fato ela se apegou a mim, já com a primeira refeição a neném tinha que ser levada à sua cama para que ela lhe desse um amasso, isso permitiu que o resto se sentisse livre para me amar e me paparicar. As filhas da Senhora me vestiam com roupas caras e finas, tudo o que sobrava delas, a cozinheira me alimentava com as melhores delícias, eu brincava no mais belo dos jardins e nunca, nunca passei frio. Quando se falou de educação, procurou-se o melhor colégio da zona, não um público, mas subvencionado, que ficava numa cidadezinha no começo do vale. E mandavam o motorista me levar todas as manhãs. Às vezes eu viajava no trator e minhas colegas e professoras olhavam deslumbradas, meio veículo para uma moleca tão pequena. A Senhora inspecionava meus deveres pessoalmente e me convidava para a saleta onde ela tecia, um aposento muito bonito, acolhedor, com poltronas que afundavam e lareira acesa durante todo o inverno, para que, deitada no tapete, eu abrisse os cadernos a cada tarde. Pode me interromper quando quiser, Pascuala, me dizia. E eu estudava com ela. Quando eu precisava de livros, ela telefonava às filhas em Santiago para que me trouxessem. Meus aniversários acabaram sendo mais importantes do que os de seus netos: a graça era que eu vivia com ela, e os netos não, estavam todos na capital. Como desde pequenina eu tinha os dentes bem desordenados, ela se apressou a me mandar ao dentista e financiou meu aparelho. Lá ia eu, toda bonitinha, com os arames na boca, me exibindo entre as colegas do colégio, eles me arrumaram os dentes, garotas, o que vocês acham? Para minha mãe foi fácil me criar, sempre havia alguém para se encarregar de mim e eu passava metade do tempo naquela cozinha grande, repleta de ruídos e cheiros bons. O pomar ao lado da casa era cheio de laranjas que eu consumia sem restrições, acumulando em meu corpo todas as vitaminas de que ele iria precisar mais tarde. Eram umas laranjas maravilhosas, perfeitas, redondas, grandes, doces. Durante as férias da escola, para não me entediar, eu ia colhê-las junto com os trabalhadores, e dali elas partiam direto para os Estados Unidos. Cheguei a fazer isso tão bem que mais tarde eles me levaram às plantações de abacate, estes eram mais delicados e desprendê-los um por um da árvore exigia mais destreza. Assim comecei — sem saber, claro — o que mais tarde viria a ser minha profissão.

Quando alguém perguntava pelo meu pai, a única resposta era: um homem do vale.

Além de me ensinar a ler e a escrever, a Senhora se preocupava com que eu falasse bem, tivesse um vocabulário amplo e não pronunciasse as palavras como as pessoas do vilarejo. E também com que eu cultivasse o bom gosto. Mostrava-me umas revistas, cujo papel parecia de seda, nas quais apareciam belos móveis, vestidos, jardins. Se de manhã minha mãe tivesse me vestido com cores que não combinavam, ela tratava de mudá-las. Não, Maruja, vermelho e laranja ficam péssimos, troque o casaco da menina. Estava sempre me tirando peças de roupa, os pobres agasalham demais seus filhos, dizia entre dentes. Uma boneca, eu. Quem diria. Quando não havia visitas, ela me sentava à mesa ao seu lado e durante o almoço ia me ensinando a usar os talheres, a colher assim, o garfo assado, nunca a faca se não for carne, nunca o vinho em copo, mas em taça (embora eu não bebesse), nunca sorver a sopa, nunca fazer ruídos etc. O sonho da Senhora era que eu, quando crescesse, frequentasse a universidade e não repetisse a história da minha mãe. Nenhum homem do vale vai vir engravidá-la, para isso você tem cabeça, me dizia, e não vai limpar a sujeira alheia.

Tudo parecia estar muito bem-planejado, meu futuro, quero dizer. Não contávamos com um detalhe: o que seria de mim se a Senhora morresse antes de eu crescer? Foi o que aconteceu.

Um dia ela amanheceu morta. Ataque do coração. Não havíamos nem terminado de chorá-la quando chegou o mais velho de seus filhos, um que só falava de economia e engrossava logo de saída, e disse a todas: agora acabou. Tchau. Indenizou-as e as mandou para casa. O problema era que minha mãe e eu não tínhamos casa.

Eu tinha completado doze anos.

Ninguém queria os serviços de minha mãe, não por ela, mas por arcar com esta filha que parecia não caber em lugar nenhum. Ficava sobrando em todos. Então minha mãe se dedicou a ser temporária. Para quem não sabe, são mulheres que trabalham colhendo fruta, mas só na estação requerida, o que significa ficar à toa por vários meses. É feia a vida dessas mulheres, estragam as costas ao sol, e as mãos, pior ainda, para terminar sem emprego no inverno. Os abacates nos salvavam, já que, dependendo da variedade, são colhidos em diferentes momentos do ano. Explico: o abacate Hass costuma amadurecer em torno de outubro e novembro; o Edranol, em agosto e setembro; o Chileno, em maio ou junho. Isso nos permitia nos virar. Alugávamos um cantinho em Quilpué e dali nos deslocávamos. Passei a estudar numa escola pública e até eu, com minha pouca idade, notava a diferença. O nível dos meus colegas me surpreendia: meu vocabulário era muito superior ao deles, e também minha higiene e meus hábitos de estudo. Não preciso dizer que aos poucos minha educação começou a decair. Ninguém me ajudava com os deveres de casa. Eu já não tomava litros de leite e dois iogurtes por dia, nem comia carne na hora do almoço, ninguém me obrigava a consumir saladas e frutas para "ter uma alimentação equilibrada", como a Senhora gostava de dizer. Não havia tapete para espalhar os cadernos, não havia calefação para que o frio não me desconcentrasse. Às vezes minha mãe precisava sair para a colheita de frutas quando minhas aulas ainda não haviam terminado e, já que ela não tinha com quem me deixar, eu ia junto. Em pouco tempo esqueci as lições de pronúncia e falava igual aos moleques de minha escola. Lentamente, quase sem percebermos, os sonhos da Senhora se esfarrapavam, afastando-se sem ruído, como as pipas que se soltam no ar. Universitária, eu? Tive que abandonar tudo aos quinze anos. Não me restou alternativa.

Porque, como a Senhora, minha mãe morreu de repente. Assim, de um dia para outro, encostada num abacateiro na hora do almoço, parou de respirar e partiu para recantos desconhecidos, segurando-se a árvores que nunca verei e vítima de tempestades que ainda não me molham. Outra vez abandonada, eu, que merda. Separei-me dela com dor e terror. Corríamos sempre pelos mesmos campos, compartilhávamos a mesma cabeça e os mesmos braços. Por que morriam os que me amavam, se eram tão poucos? Que merda eu podia fazer, com meus quinze anos e minha solidão e minha falta de família e minha falta de grana?, porque nem vou mencionar, para quê?, a falta de amor. Fui expulsa do quartinho de Quilpué porque não tinha como pagar. Com meus poucos trapos na porta, arrumados dentro de uma mala de papelão, mala que eu também compartilhava com minha mãe assim como os campos, a cabeça e os braços, recordo ter começado a pensar, a pensar seriamente, tal como fiz nestes últimos dias antes de entrar em ação. Num botequim do povoado, peguei um catálogo telefônico e procurei o nome de uma das filhas da Senhora, aquela que quando nasci havia sido amável e intercedido para que eu me criasse confortavelmente, como uma borboleta pousada num ramo de acácia. No catálogo aparecia o marido, eu recordava o nome dele, tudo da infância volta, até o nome de um senhor que eu via uma vez a cada seis meses. Numa quarta-feira, às cinco da tarde, liguei. Ela deve ter achado estranho, de onde saiu esta garota?, por onde andou este tempo todo?, o que quer de mim? Minha situação não exigia mais do que duas frases. Minha mãe morreu. Não tenho para onde ir.

Pediu que eu telefonasse dali a uns dois dias para me dar uma solução, parecia que alguma ideia atravessava sua mente, mas imaginei que ela precisaria falar com outras pessoas antes de me dizer alguma coisa. Nesses dois dias dormi na rua, sentada num banco da praça, agarrada à minha mala de papelão, ainda bem que era verão.

Uma amiga dela havia ido morar em Quillota, em uma chácara muito bonita, me disse, e precisava de alguém que lhe fizesse companhia à noite, porque dormir sozinha lhe dava medo. É psicológico, explicou, até um menino pequeno serviria, não é que ela precise de guarda noturno, é que não gosta da sensação de que a casa esteja vazia. É mais uma acompanhante do que uma cuidadora. E você pode continuar seus estudos na escola, ela só precisa de você à noite.

Foi então que apareceu a Senhora Dois, minha salvação, meu teto e guarida por um longo tempo, até que vim morar ao lado da ponte em minha casa de merda, tudo por culpa do Rato, mas, como isso é posterior, no momento não digo nada, prefiro não me adiantar aos fatos. Cheguei a Quillota numa tarde seca e ensolarada de uma sexta-feira estival, o coletivo atravessou a ponte de Boco e adentrou por zonas mais rurais, frondosas, todas plantadas de abacateiros, aquelas árvores que eu conhecia tão bem, era como estar em casa. (Qual casa?, vocês se perguntarão com razão, o quarto em Quilpué, a mansão camponesa da Senhora Um? Talvez os abacateiros me fossem familiares desde a infância, e tudo o que a gente conheceu nessa fase se transforma em lar.)

A Senhora Dois era uma personagem bastante estranha e, analisada do ponto de vista atual, divertida. Vivia sozinha, não tinha marido nem filhos (não parecia interessada no assunto), pintava, pintava a noite inteira, eu nunca soube o que ela fazia com seus quadros, mas dá-lhe pintura. Tinha um estúdio grande no meio do parque (porque a casa dispunha de parque, arrumadinho, com *design*, como diria a Senhora Um, e não umas plantas metidas no chão de qualquer jeito). O estúdio, rodeado de hortênsias azuis, tinha uns janelões enormes, mas, como trabalhava à noite, ela não aproveitava a luz. Isso não lhe importava, segundo me explicou, e imaginei que estava certo ao ver umas telas enormes com grandes quadrados ou retângulos, pintados só de uma cor ou duas. Qualquer um pintaria aquilo, até eu poderia, mas não vou me meter a falar de pintura, se não sei nada. A Senhora Dois me recebeu bem, um pouco distraída, como se na verdade não me visse, mas simplesmente me intuísse. Não lhe importava muito quem era eu, confiava nas recomendações de sua amiga, só exigia que eu estivesse viva e perto. Era alta, sobrancelhas grossas e ossos largos, morena. Nunca a vi sem jeans, só se vestia assim, jogando por cima uns jalecos compridos ou camisões. Prendia o cabelo num coque desarrumado, e sempre lhe caía nos olhos alguma mecha. Tinha talvez quarenta anos, mas, vista dos meus quinze, era uma velha. Durante o dia, outras pessoas trabalhavam na chácara, o jardineiro e outros dois homens que se encarregavam dos abacateiros e que sempre andavam roçando e arrancando o mato. E três vezes por semana ia uma senhora de Quillota, a Eufemia, para fazer faxina e cozinhar. Havia quatro cachorros, quatro!, todos brancos e enormes, pareciam bezerros.

 Você é medrosa, Pascuala?
 Não, senhora, não desses medos que a senhora fala.
 Você é menor de idade.
 Essas foram as primeiras frases que ela me dirigiu.
 Mais tarde me disse: você não deve trabalhar, é proibido por lei. Continue seus estudos e volte à tarde para acender as luzes do parque. Não preciso que você faça nada para mim, entendeu? E, como não tem idade para sair à noite, ainda não vou me preocupar com esse assunto. Se sair de dia, não me importa nem quero saber, então, vamos em frente, isto aqui não é uma prisão, é só um dormitório.

 E era um bom dormitório, que sorte a minha, mais amplo do que qualquer um onde eu tinha dormido até então. Havia uma janela em cada parede ao lado da cama, a luz se mostrava mais do que generosa, e o piso era de madeira lisa e suave, você podia andar de pés descalços. Deitada, eu podia ver um limoeiro, já grande, idoso, nos dias de chuva ele tremia ligeiramente e meus olhos se salpicavam de amarelo. O aposento era situado na parte de trás da casa, depois que se atravessava a lavanderia e a despensa. Um banheiro próprio, só para mim. E uma boa estufa a gás no canto, para o inverno. O que mais eu ia querer? Dancei abraçada à cortina um tempinho e agradeci à minha velha que, do céu, cuidava de mim. Ao lado da cama havia um interfone que se comunicava diretamente com o quarto da dona da casa. Pois bem, se ele tocasse, eu demoraria ao menos cinco minutos para chegar onde ela estava, porque a casa era imensa. Quando olhei pela primeira vez a cozinha, caí na risada, não tive outra forma de reagir ao calcular que pelo menos sete quartinhos de Quilpué poderiam caber ali. Tudo era exagerado naquela casa. O aposento onde a Senhora Dois dormia ocupava o segundo andar inteiro, o que se faz com um quarto assim?, para quê?, se afinal a cama é a cama? Enfim, os ricos são muito estranhos, eu nunca os entendi, apesar de tê-los visto bem de perto.

 A Senhora Dois me pagava pelos meus serviços. Pagava por me dar dormitório e comida, onde já se viu? Pagava para eu ter um limoeiro na janela.

 Os horários na escola eram folgados, na hora do almoço eu já estava livre. Voltava para a casa do parque, porque não tinha outro lugar aonde ir. Aos poucos comecei a fazer amigos, a Eufemia como que me adotou e me convidava para o lanche da tarde ou para a feira aos domingos. Tinha uma filha pouco mais nova do que eu, que passou a ser minha primeira amiga no lugar. Os trabalhadores da chácara também tiveram pena desta órfã e me apresentaram às suas famílias, mas isso foi mais tarde. No começo, como me entediava com tanta hora livre, comecei a ajudar na colheita do abacate. Terreno conhecido. Tomava nas mãos, uma a uma, aquela fruta prodigiosa, tão verde, tão cremosa, e com suavidade e carinho a desprendia da árvore como se desprende o curativo de um ferimento delicado. Em pouco tempo o jardineiro me contou que em outras chácaras estavam precisando de mão de obra e perguntou se eu tinha tempo. Então parti. Vocês já devem estar imaginando em que acabou tudo isso: abandonei a escola, achei tolice continuar estudando. Afinal, pensei, de que me serve saber um pouco mais ou um pouco menos, que boba eu sou, se a Senhora Um ou minha mãe me escutassem, como se aborreceriam!, tomara que no céu exista surdez. Deixei-me levar pela cobiça, a ideia de juntar uns pesinhos era tão, tão boa, eu que não tinha nada além de um dormitório emprestado. Nem falei nada com minha benfeitora. Sabia perfeitamente o que ela me diria.

Aos dezessete anos eu andava de chácara em chácara, juntava minha graninha e me sentia livre e contente.

Até que conheci o Rato.

Ele era o vigia noturno de uma das plantações onde eu colhia abacates e limões. Como cheguei a vê-lo, vocês devem estar se perguntando, se eu trabalhava de dia e ele de noite? Pois foi na casa da Eufemia. Num lanche vespertino de domingo. Entre uma *marraqueta** e outra, vi entrar pela porta aquele macho, porque era isso, um macho de peito peludo, corpulento, musculoso, com cara de quem sabe tudo. Foi-me apresentado como o Rato. Vinha do Norte, seu pai e ele haviam sido trabalhadores na extração de salitre do chile e lhe deram esse apelido por causa dos olhinhos astutos e dos dentes pequeninos que devoravam tudo. Era moreno, tinha cabelo espetado e umas mãos grandonas que cobriam como um capote.

Não pensem que aos dezessete anos eu era uma freirinha, não, nessa idade ninguém é. Saía para me divertir na discoteca com os amigos que havia feito em Quillota e sempre que bebia uma *piscola*** a mais caía na cantilena de ser uma pobre garota abandonada, sem ninguém no mundo que se preocupasse comigo. Garota de merda. A quem importa se você foi abandonada ou não, ainda por cima por quem já morreu, nem que fosse a única. Como veem, feia eu não sou. Nenhuma rainha da beleza, concordo, mas, se me arrumar um pouquinho, chamo a atenção. E Rodolfo Sanhueza, o Rato para as

---

* Espécie de pãozinho esponjoso e doce, o mais tradicional e mais consumido no Chile. (N. T.)
** *Piscola*: coquetel muito popular nesse país, mistura de pisco e refrigerante gasoso. (N. T.)

referências futuras, caiu rapidinho ante meus encantos. Afinal de contas, meu jeito forasteiro intrigava todo mundo. E meus modos. Tinha sido criada pela Senhora, e isso dava para perceber. Eu era mais fina do que as outras, falava melhor e às vezes tinha histórias divertidas para contar. Nada os agradava tanto como minha imitação dos ricos, eu fazia isso à perfeição e eles morriam de rir. Enfim, começamos a nos encontrar. No início, só nos fins de semana, e mais tarde na hora do almoço, quando o Rato acordava de seu plantão noturno. Ele morava ao lado do rio, me contou, numa casa de madeira da qual cuidava para a tia, que estava no Norte.

O Rato não era flor que se cheire, pensando bem. Tinha maus hábitos. Dormia o dia inteiro — bom, por culpa de seu emprego —, bebia muito, fumava mais de um maço por dia, só comia besteira, nunca uma refeição decente porque detestava cozinhar, não era muito limpo e tinha um gênio dos diabos. Quando explodia, era melhor não estar por perto. E ainda por cima o babaca era mandão. Um tal de vá me buscar isto, vá pra lá, vem pra cá, me sirva uma *piscola*, esquente a comida. No começo ele não mostrava essa faceta, fui percebendo mais tarde. Não sei por que me conquistou. Talvez por suas mãos. Ou porque se apegou tanto a mim. E eu, ao apego, como me negar? Uma vez até me carregou nos braços, como se eu fosse uma noiva. Era bom de cama, isso eu reconheço.

E foi precisamente esse o problema que tive com a Senhora Dois. Meu acordo com ela consistia em voltar para dormir todas as noites, de preferência não muito tarde. Você é menor de idade, quando completar dezoito anos veremos, me dizia. A única noite livre do Rato era a do sábado. Saíamos para bater perna com os amigos, tudo bem. Mas, na hora de me acompanhar até em casa, ele começava, mas como é que você vai embora, vai me deixar sozinho na única noite que eu tenho pra lhe ver, como é que a gente vai dar uma trepadinha? E eu, morta de vontade de ficar com ele, de ir para sua cama, ai, a tentação, meu Deus, a tentação, sempre de tocaia. No começo, ficava um tempinho e antes do amanhecer atravessava a ponte e partia para a chácara quase correndo, não era muito perto, era perigoso, mas a carne pode tudo, e assim eu fazia. Confiada em que a Senhora Dois, entre uma pincelada e outra, não perceberia nem me ouviria chegar, porque eu usava uma porta traseira que, do seu estúdio, não era visível.

Até que ela me flagrou.

Este não era o nosso pacto, vou ter que soletrar?

Sua expressão era severa e me assustei, e se eu ficasse sem casa e sem aqueles pesos e aquele santuário? Prometi me corrigir. Mas o Rato não se importava muito com o que acontecesse no meu emprego. Afinal, você tem a minha casa, a casa da minha tia, me dizia. Mas eu não queria morar ali. Além de a casa, em si, ser precária e feia, a ideia de servir a um homem, sendo ainda tão jovem, não me agradava. Desconfiava de que no futuro não teria outro remédio, mas para que começar tão cedo? Além disso, não é que eu seja muito cismada, mas, ao comparar às vezes o meu dormitório na casa do parque com a bosta de quarto dele ao lado do rio, tinha pouca vontade de trocar um pelo outro.

Eu já havia completado a maioridade quando me aconteceu o que acontece a todas: fiquei grávida. De um homem do vale, como minha mãe, só que do vale do Aconcágua. Talvez também como minha avó, não sei, não a conheci. Não há quem se livre, meu Deus! O Rato não fez uma cara muito boa, não acha que é cedo demais?, me perguntou. Claro que é cedo demais, eu tenho dezoito anos, mas... o que você quer que eu faça?

Minha barriga começou a crescer e eu devia informar a Senhora sobre minha situação, mas não me atrevia, sempre que decidia lhe falar me mijava de medo. Meus três anos em sua casa tinham sido tão bons, puxa vida! O sexo é uma merda, afinal de contas. Tanto chamego, para quê?, um instantinho de êxtase e depois tchau? Estou convencida de que enfeitam muito essa história do sexo, falam dele como o máximo dos máximos, mas querem saber?, é mentira.

O que mais me ofendeu foi a expressão de desdém na cara da Senhora Dois quando soube. Ela meio que tentou disfarçar, mas aquilo saltava, como as pulgas dos cachorros, sem controle sobre sua pele. Não me falou o que pensava, mas eu sei direitinho: mais uma, e eu que a considerava inteligente, você vai empatar sua vida, vai cortar as próprias asas, vai ficar presa para sempre. Bom, o que eu ia fazer? Ela me disse que prenha, não, e perguntou se eu tinha para onde ir.

Foi assim que acabei morando nesta casa de merda. Ao lado da ponte de Boco. No mais fedorento dos povoados de Quillota. E com um homem que, à medida que passavam os meses, ia ficando cada vez mais difícil. Ele me controlava, sabia que eu não podia ir embora, então para que me tratar bem? Às vezes me sufocava, o ar como que me faltava. Continuei trabalhando até o momento de parir, ninguém ia me pagar um pré-natal. Quando o Josecito nasceu, não saí mais. As quatro paredes, o filhotinho, as fraldas, a cozinha, os pratos e a roupa suja, as panelas, os escovões, as mamadeiras. E arrumar aquela casa que era um desastre. Eu ficava me lembrando das revistas chiques que a Senhora Um me mostrava, com suas páginas de seda e as decorações tão bonitas, e minhas lágrimas brotavam. Como me esforcei para viver em melhores condições! Mas para isso precisava de grana. Escutem bem, sem grana não se chega a lugar nenhum. Nenhum. Pedi ao Rato que me comprasse uma máquina de lavar roupa, mesmo que pequena e usada, expliquei que minhas mãos estavam acabadas de tanto lavar. Ele me encarou como se eu fosse uma demente, é isso que a princesinha quer?, disse, e caiu na gargalhada. O salário do Rato não nos bastava. E ele não me repassava nada, dava um jeito para eu ter que pedir. Quando se negava, eu ficava louca, tenho que comprar carne, o menino precisa comer direito, e começava a berrar, como a mais pentelha de todas as mulheres. A primeira vez que ele me bateu foi numa dessas, eu pedi grana e, quando ele disse que não, gritei e gritei: que ele era um pão-duro de merda, e a alimentação do seu filho?, e que eu não era uma preguiçosa, que a falta de trabalho era por causa do menino. Uma bofetada só, forte e bem-dada.

Não nos víamos muito. Ele trabalhava de noite e dormia de dia, eu ficava muito sozinha, até que comecei a descobrir a vantagem desses horários. O que aconteceu foi que comecei a gostar da solidão, sempre com o Josecito, ele e eu grudados, ali estávamos os dois, entregues juntos à nossa sorte, fosse qual fosse. Mas encarávamos isso bem. O Rato acordava na hora do almoço, nunca antes, era preciso andar na ponta dos pés, ai se o menino chorasse, não fosse despertá-lo que ele se enfurecia. Sempre a mesma coisa: abria um olho, só um, pegava o isqueiro na mesa capenga ao lado da cama, acendia um cigarro, tragava profundamente e então — só então — se podia falar com ele. Sem seu cigarro primeiro, nada, nada de nada. Eu sempre mantinha pronta a água quente e lhe fazia o chá. Ele o tomava fumando. Não jogue a fumaça no menino, eu pedia e ele não respondia, não estava nem aí, e eu tome de abrir janelas e arejar, embora às vezes parecesse que cada partícula de ar fosse se transformar em sólido, em tiras de gelo. Da xícara de chá passávamos direto ao almoço. Ele via televisão, largado na cadeira, sem se mexer para tirar um só prato. Picar uma cebola ou descascar uma batata, nem pensar, tudo isso já estava feito na hora em que ele se integrava ao mundo dos vivos. Ao nosso, o de Josecito e o meu.

    Comecei a desconfiar de que ele era um homem mau quando constatei a indiferença pelo seu filho. Cabeçudo, não deixava fluírem as sensações que iam aparecendo. De todos os que me escutam, os que foram pais sabem do que estou falando. Não dou nome a nada, mas sei que se uma pessoa nasceu com bom caráter nunca mais é a mesma depois do nascimento de um filho. No começo ele não tratava mal o Josecito, mas dava a impressão de que não o via. Não se emocionava com os gestos do menino nem com suas mudanças nem com seu calor. Não comemorava seus bracinhos gorduchos, nem sua primeira palavra nem seu primeiro dente. Quando o pegava nos braços, não o apertava contra o corpo, segurava-o como se segura uma jarra, algo inerte, até a Senhora Dois abraçava seus cachorros com mais paixão do que ele o seu filho.

Quando Josecito completou um ano, as coisas estavam assim:
    Pascuala! Traga meu almoço.
    E por que você não vem para a mesa?

Porque não tenho saco.

E lá ia eu com a bandeja para o quarto e os lençóis ficavam sujos de comida e ele todo embrulhado na cama, preguiçoso de merda, não movia um dedo, e às vezes quando acabava de comer me puxava pelas pernas, venha cá, minha negra, dizia, e eu escapulia, como ia ter vontade de me meter na cama com aquele porco?, e ele percebia e me dava uma bofetada. A verdade é que começou a me dar um pouco de nojo, tanta imundície: não lavava as mãos quando ia ao banheiro, tomava banho uma vez por semana, o cabelo gordurento, e, embora eu mantivesse as camisas limpas e passadas, ele não fazia sua parte e tudo estava sempre meio fedido.

Quando Josecito completou dois anos:

Pascuala, vá me comprar cigarros.

Pascuala, me traga a roupa limpa.

Pascuala, vá me buscar a Pilsen no armazém.

Pascuala, faça este garoto de merda calar a boca.

Eu era sua empregada dentro de casa, serviço por vinte e quatro horas, e ele não me pagava salário. Estava cheio de mim, não duvido, eu não era nenhum encanto, mas, porra, a ele convinha me manter por ali. Mesmo assim, se dava a um luxo atrás do outro.

Esta comida é uma merda, não sabe mais cozinhar?

Vou castigar você e te deixar sem grana.

Ou abre as pernas ou eu te arrombo.

Eu o encarava e dizia de mim para mim: em que me meti? Recordava o olhar da Senhora Dois quando deixei a casa do parque e chegava a ficar corada com a pura certeza de que ela estava com toda a razão. Aquela vida havia terminado fazia uma eternidade e meia.

Nas noites de sábado, sua única noite livre — aquela que antes passava comigo —, ele desaparecia, saía com os amigos para farrear e só voltava de madrugada. Nem me convidava para acompanhá-lo, além da minha falta de vontade não tínhamos onde deixar Josecito. Às vezes íamos os dois ver a Eufemia, meu filhote e eu, conversávamos entre as mulheres, escutávamos um pouco de música, fazíamos alguma comida e depois eu voltava para casa com meu moleque e me metia na cama para ver televisão. Aos poucos comecei a temer as chegadas do Rato, ele entrava e já da porta começava a me chamar aos gritos, Pascuala! (a ponto de eu odiar meu próprio nome), acordava Josecito, que na mesma hora começava a chorar, e eu, protegendo-o com meu corpo, me escondia embaixo das cobertas, um esconderijo bem inútil, mas era o instinto.

Levante-se. Estou com fome.

São quatro da manhã, me deixe dormir.

Já lhe disse que estou com fome!

Quer saber? Pra mim tanto faz que você esteja com fome.

Então vinha a bofetada.

Até que um dia eu disse: se você botar a mão em mim, vou te acusar. Vou procurar a polícia e a senhora do parque, e você perde o emprego.

Foi má ideia dizer isso: ele ficou vermelho, a cara parecia aqueles sóis do entardecer dos cartões-postais, pulou em cima de mim, me puxou pelas pernas, me jogou no chão e me deu um pontapé. Depois outro. Em pleno ventre. Eu gritava como uma louca perdida, sentia algo muito escuro que não era dor e via o mundo indo embora, indo embora. Josecito chorava tanto quanto eu gritava. E seu pai, bêbado.

Fiquei tentada a ir procurar os tiras e fazer a denúncia, mas me contive ao pensar, e o que faço depois?, para onde vou?, como vou trabalhar com o menino nas costas?, nós dois vamos comer o quê? Todas essas perguntas eu me fazia. A Eufemia não tinha nem um buraquinho onde eu pudesse pendurar meus trapos, já moravam com ela sua mãe e seu irmão com a mulher, não cabia nem um alfinete. E eu não tinha cara para ir procurar a Senhora Dois, sem falar que ela não me receberia com o menino, depois de tudo o que havia acontecido me dava muita vergonha; certamente ela já teria uma substituta que devia dormir no meu quarto com as duas janelas e olhando o limoeiro. Então, não o denunciei. O que eu fazia era pegar Josecito no colo, embalá-lo com doçura e lhe falar das coisas lindas que ele veria algum dia, da vida fora do povoado, dos limoeiros, da luz e da tranquilidade. Contava que existiam lugares sem gritos nem pancadas.

Dois sábados atrás, o Rato chegou pior do que nunca. Sei lá o que havia lhe acontecido, alguma briga de rua ou uma mulher que se negou a ele, não sei. Tirou o menino da cama, a única da casa, deixou-o no chão da cozinha, que estava frio, e tratou de se deitar comigo. Idiota de merda. Na casa de merda. E com cheiro de merda.

Tentei me levantar para tirar meu filho do chão e ele não deixou. Forcejamos um pouco, eu só podia perder, apesar da quantidade de vitaminas que havia acumulado com as laranjas, em tempos melhores. É muito fácil vencer uma mulher com o corpo. A imagem de Josecito largado no piso da cozinha me escureceu os olhos, como os mantos roxos que cobrem e escondem os santos na Quaresma. Claro, ele chegou à cozinha antes de mim. E deu um pontapé no menino.

Se você bater de novo nele ou em mim, vou te matar.

O Rato começou a rir.

Vou ter que soletrar?, foi o que eu disse, copiando a senhora, e ele riu mais ainda. Grudou a boca na garrafa de cerveja e não me falou mais.

Durante a semana seguinte, tentou melhorar um pouco seu comportamento. Pelo menos, ao abrir o olho para pegar o isqueiro ao despertar, disse oi algumas vezes. Eu o observava, tão duros pareciam seus despertares, tão pesados, tão pouco lúcidos, e nem falo dos domingos depois da farra, nem mesmo um urso saindo da hibernação demonstrava mais entorpecimento. Ele me repelia. Eu olhava seus sapatos — umas botonas café-claro, ponta redonda, manchadas com sujeiras esquecidas, cadarços quase rotos largados no chão como algas agonizantes — e os imaginava no meu ventre e no do meu filho e me perguntava se a vida tinha que ser assim. Durante esses dias ele olhava Josecito de esguelha, imagino que para saber que marcas seu pé havia deixado. Eu, calada. Não falei com ele a semana inteira, nem uma só palavra. Ele morria de vontade de averiguar se eu o tinha denunciado e o que havia dito, eles lá são experientes, sabem de cara quando uma criança foi agredida, nada de desculpas, pois é, caiu da escada, bateu contra a porta, a doutora conhece de cor essa conversa. E ele estava assustado.

 A semana de paz transcorreu em meio a esse meu silêncio, maldito e tenaz, até que chegou o sábado. Estou falando deste último sábado, já cheguei ao presente. À noite, ele saiu como sempre, depois de comer um bom ensopado, de fazer um barulhão com a sopa, de pegar o frango com a mão, de não usar o guardanapo, mas a toalha — minha única toalha —, de se empanturrar como um faminto que ele não era. Porco imundo. Meu olhar parecia impassível, mas a única coisa que continha era nojo, a cada dia este babaca me dá mais nojo, eu pensava, com medo de que ele notasse. Ignorei tudo e parti para a casa da Eufemia.

 Em torno da meia-noite, voltei e me deitei, com Josecito ao meu lado. Às quatro da madrugada acordei, quase por hábito: o Rato não tinha chegado. Às cinco, também não. Dormi de novo, mas ainda consegui me perguntar o que lhe teria acontecido. Às seis ouvi um barulho muito forte, uma feroz batida de porta, e em seguida o estrondo de algum móvel caindo no chão. Então me levantei para olhar: o aspecto do Rato era terrível, nunca na porcaria da minha vida eu tinha visto um homem tão bêbado. A roupa toda melada de vômito, os olhos injetados, o cabelo grudado à cabeça como se o tivessem molhado. Bastou que me visse para a briga começar.

 Você se acha melhor do que eu, sua filha da puta, porque conseguiram lhe dar um pouco de educação... Me olha de cima... Vou lhe mostrar quem você olha de cima...

 Se você se aproximar, eu te mato.

 Vai me matar nada, imagine... Mais fácil eu matar você.

 Olhei se ele tinha na mão uma faca, estávamos na cozinha, mas não, não tinha. E tampouco o martelo.

 Onde está meu filho?, perguntou, a voz quase não lhe saía, de tão bêbado que estava.

Eu me encostei à porta que dava para o quarto, me grudei à bendita porta, dali ninguém me moveria, aquele homem não devia se aproximar da cama onde meu anjinho dormia imaginando mundos melhores, menos limitados e enlouquecidos, mais amáveis, recostados sobre prados suaves e profundos. Eu não ouvia nada, a não ser as batidas disparadas do meu próprio coração, que me diziam: acabe com ele; e outras que respondiam: não sou uma assassina.

Quase sempre uma assassina é a criação de um homem que a maltratou.

O Rato tropeçou ao tentar me arrancar da soleira da porta. Puro álcool, puro. Encharcado de bebida, o pai do meu filho. Mijou-se todo. O fedor encheu a casa, enquanto ele tentava se levantar. Eu consegui saltar até a cama, pescar no ato o garoto, agarrar uma coberta e sair correndo da casa. Fiz tudo em um minuto, com uma força desconhecida, nem se eu fosse acrobata. Fechei a porta atrás de mim, me preocupei em fechar a porta.

Eram seis da manhã de um domingo gelado, eu de camisola, meu filhote em seu pijaminha, ambos descalços, encolhidos ao lado do rio à esquerda da ponte de Boco, mas a salvo. Não, não fui ao pronto-socorro nem à polícia. Tive uma ideia mais inteligente.

Bati à porta da Eufemia, larguei nos braços dela o menino, pedi emprestados um agasalho e uns sapatos, deixei passar uma hora, sentada ao lado da estufa, olhando o relógio, tomando uma aguinha quente. Então voltei sobre meus passos. Só com minha chave na mão. Entrei na ponta dos pés, olhei pela porta do quarto, o Rato havia conseguido chegar até a cama, vestido e emporcalhado, mas estava em cima da cama, roncando como um vulcão em erupção. Peguei um isqueiro e um maço de cigarros, levei para o quarto e deixei sobre a mesinha capenga. Depois, com a mais absoluta calma, fui até a cozinha, inspecionei o bujão de gás, abri o registro e não acendi o fogo.

Casa de merda. Homem de merda.

Doce inimiga minha

Mortal, tão mortal quanto os olhos do sentimental fidalgo que me observam, e mesmo assim eterna, eis-me aqui. Sou Dulcineia, sou Aldonza, sou a dama del Toboso, sou a lavradora, sou a filha de Lorenzo e sua esposa Nogales, sou a inspiração do Cavaleiro da Triste Figura, a loucura de seu cérebro, a fantasia de seus delírios. Sou ela e não outra, embora também seja tu e seja vós, sou cada mulher que ao longo destes muitos anos, quatro vezes cem, quis prolongar sua existência na lenda, na tradição e na imaginação dos homens.

Perguntarás com quais razões eu conto para me arrogar tantos direitos. Pois é claro que me arrogo tais direitos, se sou a protagonista de um milagre da mente humana, de um relâmpago genial, do romance de todos os romances. O fidalgo e eu e seu amigo barrigudo, os três, jazemos nas mãos do romancista, aquele de quem se diz ter pisado todos os caminhos, descansado em todas as estalagens, convivido com todo tipo de andarilho, aquele que concebeu o panorama mais vasto e complexo trazido algum dia aos domínios da arte. Nós três fomos a ruína dos livros de cavalaria, conosco teve início o gênero romanesco moderno.

Que tal minha apresentação? Não é dizer pouco, certo?, não é dizer pouco sobre mim mesma, embora seja breve o relato dos meus dias. Nasci em um lugar da Mancha e, sem mover uma palha, sem fazer o menor esforço, fui encomendada aos deuses e, consequentemente, imortalizada.

Fui, sou e serei a rainha das rainhas.

Minha língua me venera, e, se é certo que um dia um Deus criou a mulher a partir da costela do homem, também o é que meu nascimento pende das palavras de outro, um espanhol manco e às vezes desgraçado que mudou para sempre nosso idioma e que nos deixou instalados, para além do oceano e aquém, no pináculo da escrita. Meu inventor, meu pai ou meu padrasto, como queirais chamá-lo, pois nos perguntamos legitimamente quem é nosso pai e quantos pais temos e se é possível escolhê-lo, bom, então meu padrasto foi o maior representante da mentalidade hispânica, e portanto o pai de todos nós. Levados a esse ponto, tu e eu e ele e ela, todos, viemos do mesmo lugar, selva ou planalto, sol ou neve, mar ou cordilheira, Espanha ou América. Se afinal a verdadeira pátria é a língua, somos irmãos e eu incluo cada um de vós em minha grandeza, o que é abarcar muito e oferecer não pouco.

Mas a simples mão do manco não bastava, era necessário o coração de um homem para transpor a mortalidade, e eu o tive, como não, tive-o em abundância. O que fiz para isso? Nada. É parte da inventiva desta história, de sua diversão. Afinal, quanto se empenharam minhas congêneres, castelhanas, bascas, catalãs, galegas, latinas, colombianas, mexicanas ou chilenas, quanto ardor empregaram em conquistar um coração que as salvasse! Esforços com magros resultados. Conseguiram atravessar aquela barreira, a mais cruel, a do tempo? Alguma pode competir comigo? A Amaranta de Macondo? A regente das Astúrias? A Bárbara venezuelana? Talvez a Pórcia de Veneza ou a Ofélia da Dinamarca (que tão tristemente morreu nos rios de seu país), mas estas andaram por outros caminhos e por outros idiomas alheios a nós e àquilo que nos incumbe. Deixemos isso para os letrados, entre os quais não me encontro nem de longe. Meu pressentimento, não muito instruído, me diz que sou única, que nenhuma pode se deter ao meu lado e erguer-se mais alto, calce o sapato que calçar. Portanto, se minha grandeza está fora de discussão, voltemos atrás e vejamos quem sou.

Não importa haver nascido pobre e desgraçada quando aparece alguém que te transforma na mais rica, alguém cujos olhos te vestem de veludo e brocado e te aporcelanam a pele e transformam teu cabelo em loura seda, alguém que te batiza como o triunfo da virtude e da formosura sobre qualquer adversidade. Meus pobres ofícios — dar de comer aos animais, limpar a cavalariça, tirar as cinzas do fogo, estender ao sol os pesados calções — não mereceram deleite algum, nem meu próprio nem alheio. No entanto, apareceu um homem. E esse homem mudou tudo. O conto feminino de nunca acabar.

    Ele era um pobre herói, chamaram-no joguete de sua história, o meu desgraçado campeão, o louco que só possuía um rocim mirradíssimo, uma armadura bolorenta e um corpo enfermiço. O mais casto enamorado.

    Para falar a verdade, não era um grande partido. Tinha cinquenta anos e era enxuto de rosto e seco de carnes. Não possuía título e já perdera a esquálida fortuna que um dia juntara. Era um grande madrugador e amigo da caça. Comia lentilhas às sextas-feiras, um cozido de carne de boi e carneiro (mais este último do que o primeiro) aos sábados e salpicão quase todas as noites. Morava com duas mulheres que se imiscuíam em cada recanto de sua existência, uma ama de quarenta anos e uma sobrinha de vinte, que chegaram até a queimar-lhe os livros por acreditar que o amaldiçoavam, mas ao fazer isso amaldiçoaram muitos outros que, mais adiante na história, seguiram seu injustificável exemplo. (Eu não sei ler nem escrever, mas algo me diz que isso não se faz, que é um crime, que é coisa de fardados ou de desalmados, e não de duas mulheres que dizem viver para o bem do homem da casa.) Continuemos. Meu homem, este de quem estamos falando, era acusado de ter poucos miolos, de ser um inútil e um sonhador. De não ter juízo, de ser desatinado — chamaram-no o homem do desatino, não fui eu que inventei isso —. Um delirante que, para falar do nascer do sol, dizia "[...] mal havia o rubicundo Apolo estendido pela face da ampla e espaçosa terra as douradas mechas de seus formosos cabelos". Os lavradores que eu conhecia não usavam essas palavras, talvez nem vissem o sol por estarem embaixo dele tantas horas trabalhando, e nunca souberam de Apolo nem dessas gentes. Mas estou me dispersando... Eu descrevia esse homem que me deu a fama. Dizia que ele não era um grande partido, que talvez outras mais adestradas nas artes do amor o teriam menosprezado ou pura e simplesmente zombado dele. Devo reconhecer que era um pouco ocioso, que dormia leve e lia muito, nada sério, só disparates, livros de cavalaria, tantos que perdeu fortuna para comprá-los e mais tarde o enlouqueceram. Lia e relia, voltando a uma de suas frases favoritas: "A razão da sem-razão que à minha razão se faz, de tal maneira minha razão enfraquece, que com razão me queixo da vossa formosura."

Até que a perdeu.

A razão. Perdeu-a deveras. Grande ideia a do meu senhor, envolver-se em páginas fantasiosas para confundi-las mais tarde com a vida mesma. Não é isso que acontece aos verdadeiros leitores? Grande inveja causará a eles a coragem do meu amo, viver dentro do romance escolhido e não na hostilidade da verdade, oh, mentira das verdades, verdade das mentiras, como é complicado!, perguntem-no melhor a Vargas Llosa e não a mim, que nestas lidas não tenho entendimento.

Decidiu então meu senhor tornar-se cavaleiro andante. E, para isso, só precisava de um cavalo, uma armadura e uma mulher. Acreditai, para seguir rigorosamente os modelos de cavalaria, essa dona era urgente e vital e devia ser a dos seus sonhos, ou talvez, para dizer melhor, a dos sonhos dos cavaleiros andantes. Aquelas damas — às quais eles dedicavam obra e vida — eram irrepreensíveis, eram perfeitas, eram imaculadas; se padecessem de realidade, como transformá-las em objeto de desejo? Assim, fui encaixada nesta história. Eu era Aldonza Lorenzo, uma pobre lavradora, quando o recém-inventado cavaleiro andante reparou nessa tão importante necessidade: uma senhora pela qual se enamorar, uma donzela de seus pensamentos, a quem denominar princesa. Transformou-me em Dulcineia del Toboso, nome mítico e peregrino e significativo. Não em vão, acreditava-se que o cavaleiro andante sem amores era árvore sem folhas e sem fruto, e corpo sem alma. E, em vez de salgar porcos, o que eu faço tão bem, comecei a receber os mais malucos, biscaínhos ou galeotes, que chegavam ao meu estábulo para me relatar extravagantes aventuras, grandiosas e incompreensíveis, vividas por um senhor que as dedicava à minha pessoa, um senhor que havia me escolhido, a mim, entre todas as mulheres.

Dizem que eu, Aldonza e não outra, jamais soube desse invento. Mentira. Claro que me dei conta. Como se alguma mulher não percebesse o momento crucial em que sua vida muda, o instante exato em que ela se torna mitologia, aquele segundo, trânsito fugaz, em que está prestes a entrar no mundo dos deuses. O que compreendi sem tardança foi que, através desse cavaleiro louco, eu aspirava à imortalidade. Algum humano, de carne e osso, recusaria? Então, com atitude sossegada, fiz o que devia fazer: aticei sua imaginação.

Alguns me acusaram de ser uma mulher dura e de cometer agravos contra ele. Como custou a Sancho, quando soube que Dulcineia era Aldonza, compreender que era eu a princesa, se ele sabia que de princesa eu não tinha nada! "Bem a conheço" — disse ele ao meu senhor —, "e sei dizer que atira tão bem uma vara quanto o mais fornido pastor de toda a aldeia". Descreveu-me como uma moça robusta, firme e forte, de cabelo nas ventas, e certamente se perguntou como eu haveria de receber os ricos presentes que o amo me enviava enquanto eu rastrilhava o linho ou limpava o trigo nas eiras. Todos opinaram, todos, como se o amor dele fosse a coisa mais pública. Até os animais falaram. Um dia Babieca perguntou a Rocinante se amar é néscio e este lhe respondeu: "Não é grande prudência." Ambos se referiam a mim. Pois bem, pensei: se querer-me é um delito, ele há de me querer deveras. E basta.

Digo-o porque não agradei a todos. Franziu o nariz ante minha presença o duque de Béjar, marquês de Gibraleón, conde de alguma outra coisa, afinal tanto título me deixa tonta, o qual não soube corresponder generosamente à honra que lhe foi concedida por meu pai ou padrasto, o fidalgo ou cronista desta história extraordinária. E também aquele acadêmico da Argamasilla, que escreveu em meu túmulo o seguinte epitáfio, acreditando, o inocente, que de fato eu morria:

Reposa aquí Dulcinea,
y, aunque de carnes rolliza,

*la volvió en polvo y ceniza
la muerte espantable y fea.*

*Fue de castiza ralea
y tuvo asomos de dama
del gran Quijote fue llama
y fue gloria de sua aldea.**

Não me enterraram, não puderam fazê-lo, ninguém coroou minha cabeça com grinaldas de cipreste nem com amargo oleandro para me velar.

Embora todo o conhecimento em meu cérebro seja escasso, algumas coisas, por óbvias, penetraram minha compreensão. Não preciso me perguntar qual teria sido o destino de Aldonza se o cavaleiro andante não a salvasse da imediatez. Bem acreditávamos então que na parte superior da terra ficava o céu e embaixo os abismos, um dos quais era ocupado pelo inferno e outros dois, menores, pelo limbo. Para aqueles abismos teria sido expulsa eu, camponesa de duvidoso calibre, lançada estrepitosamente fora das hierarquias do céu e da terra. Porém uma mão evitou tal estrépito, e ao ser nomeada imperatriz da Mancha abandonei as lágrimas, não as choraria. Ditosa sobre quantas vivem hoje na terra? Sobre as belas, eu, a mais bela Dulcineia? Vejamos. Coube-me de verdade a sorte de manter submisso e rendido a toda a minha vontade e talante um tão valente e tão famoso cavaleiro? Por que me transformei na ilusão de um desfazedor de agravos e injustiças, um benfeitor dos necessitados? Senhor meu e de minha alma, nestes lugares curtos, de tudo se trata e de tudo se murmura, e línguas viperinas tentaram colocar-te contra mim, abrir-te os

---

* "Repousa aqui Dulcineia/ que, sendo gorda e corada,/em cinza e pó foi mudada/ pela morte horrenda e feia.// Foi de castiça raleia,/ e teve assomos de dama,/ do grão Quixote foi chama,/ e foi glória de sua aldeia." Miguel de Cervantes Saavedra, *O engenhoso fidalgo D. Quixote de la Mancha*. Tradução dos Viscondes de Castilho e Azevedo. Rio de Janeiro: Editora José Aguilar Ltda., 1960. (N. T.)

olhos (forma na qual acreditavam que se via a realidade). Mas se a tua era tão mais rica e divertida, como dissipá-la? Com que forças? E enquanto te enjaulavam para que recuperasses a razão, meu coração primava sobre o teu e negavas qualquer palavra que redundasse contra mim. Maltrataste até Sancho quando ele insinuou que aquela Doroteia, a princesa de Micomicona segundo tua visão, tão melancólica e melindrosa, tão feminina e queixosa, possuía mais beleza do que eu. Quase o mataste a golpes, recordas? E sentenciaste: "Ela peleja em mim e vence em mim, e nela eu vivo e respiro, e tenho vida e ser." Indestrutível, eu. Ante aquelas Doroteias, Lucindas ou Zoraidas, ante qualquer uma delas, penso que meu bem foi não rejeitar a vida nem entendê-la como minha inimiga mortal, o que a elas sucedeu, sim, por culpa de promessas e desenganos. Já o dizia Sancho, que eu podia tirar do aperto qualquer cavaleiro que me tivesse por senhora. O melhor que ela tem é que não é nada melindrosa, foram suas palavras, com todos brinca e de tudo zomba e faz graça. E falou de minha cara, em oposição àquelas tão transparentes, finas e sem sangue: que já deve estar mudada, disse Sancho, porque andar sempre no campo, ao sol e ao ar livre, estraga muito a face das mulheres.

Eu não fui uma mulher como essas. (Por isso fui escolhida?)

É coisa certa que, quando a corrente das estrelas traz as desgraças, não há força na terra que as detenha nem indústria humana que possa preveni-las. E aquelas moçoilas de então ali se encantavam — nas desgraças, quero dizer — porque somente afundadas nelas tateavam a vida em suas veias. Aliviavam-se enxugando lágrimas feiticeiras, arranjavam-se para seduzir sem contemplações e com delicadezas afetadas, desprezando qualquer argumento. Há quem busque uma coisa e encontre outra. Por sua própria vontade. Então, e por causa delas, meu cavaleiro dizia que é natural condição das mulheres desdenhar quem as quer e amar quem as detesta.

Não era meu caso.

Não devo ignorar que a mim, mulher que sou, às vezes me sufocava a paixão desse homem triste. Afinal, meus amores e os dele foram sempre platônicos, sem ir além de um honesto olhar. Em doze anos, ele não me viu mais do que quatro vezes. Mas, em seus devaneios, sentiu que aquilo bastava. E, enquanto ele endireitava desvios e desfazia agravos, eu lavrava tranquilamente a terra, sem aparente debilidade, sem soluçar pelos caminhos nem suspirar nas vertentes nem me esconder nos bosques nem fugir de casa, ações cometidas por aquelas outras, dramáticas e fatigadas, para chamar a atenção e atrair os olhos de seus homens para o centro mesmo de seus alvoroçados e delicados peitos. Bem sabemos que o bom passadio, o regalo e o repouso foram inventados para as brandas cortesãs. Então, quem pode culpar meu senhor por inventar e improvisar sua própria dama? Naqueles tempos os homens não abrigavam boa opinião sobre as mulheres. Amavam-nas, mas quem disse que isso bastava? Sempre que podiam discorrer contra elas, faziam-no com prazerosa verborreia. Perguntavam-se quem há no mundo que possa vangloriar-se de ter penetrado e conhecido o confuso pensamento e a mutável condição de uma mulher.

Não foi em vão que meu senhor fez Anselmo e Lotário dizerem: a mulher é animal imperfeito, não tem tanta virtude e força natural que dela dependam, é preciso ajudá-la a conservá-las para que, sem pesadume, corra ligeira a alcançar a perfeição que lhe falta; é necessário que os homens tirem dela os embaraços, porque por si mesma não pode derrubá-los; uma mulher está sujeita, como um espelho de cristal luzente e claro, a embaçar-se e obscurecer-se com qualquer alento que a toque, há que usar com ela o estilo das relíquias, adorá-las e não as tocar; como um jardim de flores, basta olhá-la de longe, sem consentir que ninguém a percorra nem manuseie e desfrutar sua fragância somente por entre as grades de ferro. Porque sua boa fama é o que mais importa.

Es de vidrio la mujer,
pero no se ha de probar
si se puede o no quebrar,
porque todo podría ser.

* * *

133

*Y es más fácil el quebrarse
y no es cordura ponerse
a peligro de romperse
lo que no pueda soldarse.**

Enquanto isso, nosso manchego se apresentava como o cativo da inigualável e formosa Dulcineia del Toboso. Entretido com a memória de sua senhora, em muitas noites me deu a posse de suas horas, pois supunha que um cavaleiro andante não dormia entre as florestas e descampados, e se acomodava bem à ideia livresca das noites dos cavaleiros, rememorando como nos transes do dia me pedia que o socorresse, encomendando-se a mim de todo o coração. Pois ele se encomendava *a mim*. Como se eu fosse seu Deus. Referia-se à minha pessoa como aquela que tem a chave de seu coração e de sua liberdade. Sim. Sou tão real como as Amarílis, as Fílis, as Sílvias, as Dianas, as Galateias e outras tais dos livros de cavalaria que incendiaram e obsedaram os cavaleiros andantes. Se elas não foram senhoras de verdade, ao menos foram celebradas e seu mérito foi o de poupar seus heróis do cunho fatídico da realidade. Digo então às outras, àquelas cem por cento humanas, às que não decidiram escolher um cavaleiro andante, que não se queixem: quem bem tem e mal escolhe, do mal que lhe venha não se anoje.

"Pinto-a em minha imaginação tal como a desejo, assim na beleza como na principalidade", disse meu amo sobre minha humilde pessoa, então, importa de verdade como eu fui? Talvez seja inútil perder tempo em me situar fora dos ignóbeis moldes da época, enfatizando minha diferença. No fim, estou coberta do mesmo modo.

Ele continuou debatendo-se entre as loucuras desmedidas e as melancólicas, minha figura no meio, partindo-as. E

---

* "É como o vidro a mulher;/ mas não é mister provar/ se se pode ou não quebrar,/ porque tudo pode ser.// E é mais fácil o quebrar-se;/ loucura é logo arriscar/ a que se possa quebrar/ o que não pode soldar-se." Miguel de Cervantes Saavedra, *op. cit.* (N. T.)

como prova disso, caso alguém não me creia ou pense que eu exagero, conservo até hoje a carta que me enviou e, já que ele entendia de palavras, melhor remeter-nos a elas.

 Soberana y alta señora:
 El ferido de punta de ausencia, y el llagado de las telas del corazón, dulcísima Dulcinea del Toboso, te envía la salud que él no tiene. Si tu hermosura me desprecia, si tu valor no es en mi pro, si tus desdenes son en mi afincamiento, magüer que yo sea asaz de sufrido, mal podré sostenerme en esta cuita, que además de ser fuerte es muy duradera. Mi buen escudero Sancho te dará entera relación, ¡oh, bella ingrata, amada enemiga mía!, del modo que por tu causa quedo: si gustares de acorrerme, tuyo soy, y si no, haz lo que te viniere en gusto, que con acabar mi vida habré satisfecho a tu crueldad y a mi deseo.
 Tuyo hasta la muerte,
       El Caballero de la Triste Figura*

Alguém já disse por aí: sê breve em teus argumentos, que nenhum é saboroso se for longo. Abusei dos vossos ouvidos e quero despedir-me. O que eu desejava dizer já o disse, embora meu cavaleiro aventureiro, espancado e imperador tenha dito tudo por mim. Pois ainda que eu seja parte desta gravíssima, altissonante, mínima, doce e imaginada história,

---

* "Soberana e alta senhora: O ferido do gume da ausência, e o chagado nas teias do coração, dulcíssima Dulcineia del Toboso, te envia saúde, que a ele lhe falta. Se a tua formosura me despreza, se o teu valor me não vale, e se os teus desdéns se apuram com a minha firmeza, não obstante ser eu muito sofrido, mal poderei com estes pesares, que, além de muito graves, já vão durando em demasia. O meu bom escudeiro Sancho te dará inteira relação, ó minha bela ingrata, amada inimiga minha, do modo como eu fico por teu respeito. Se te parecer acudir-me, teu sou; e, se não, faze o que mais te aprouver, pois com acabar a minha vida terei satisfeito à tua crueldade e ao meu desejo. Teu até a morte, O Cavaleiro da Triste Figura." Miguel de Cervantes Saavedra, *op. cit.* (N. T.)

não sou uma ficção de engenho ocioso. Meu senhor sempre acreditou que a fortuna não se cansa de seguir os bons. Compreendestes, não? Nunca me roçará aquele instante definitivo, o da morte. Tende isto por certo: de carne e osso sou, e continuarei sendo-o pelos séculos dos séculos.

A testemunha

Para Rocky

Atuar como seus olhos, aquele era meu trabalho. Observar tudo por ela. Percorrer diariamente o parque guiando-a, evitar que os pés se enredassem nas rosas ou se machucassem contra o tronco do umbuzeiro. Ao redor da piscina eu devia dar voltas com especial cuidado, era muito grande, um azul profundo como uma mancha no verde do gramado. Ao lado da piscina ficava o *peumo* que dava sombra nos dias de verão e ali me instalavam, sentado ao lado dela, amarrado a um galho da árvore para não incomodar. Porque eu sou incômodo. Gosto de saltar e de brincar e de passar a língua por todas as superfícies e também me agradam as pessoas, mas nem sempre me permitem vê-las. Meu irmão, o Tonto, se senta embaixo do *peumo* ao meu lado e não incomoda ninguém. Quando chegam as visitas, baixamos a cabeça para que nos permitam ficar. A Dona faz como se não existíssemos, nos ignora. Mas quando aparece a Bela, então, sim, sou feliz. O Tonto nem a olha; eu, em compensação, fico louco de prazer e armo um grande alvoroço, pelo que sempre ganho um cascudo na cabeça. Ela, linda como é, ilumina o parque com seu corpo fino, delgado e gracioso, ocultando metade de sua silhueta com aquele cabelo cor de milho, tão comprido. A Bela me faz carinho. Inclina-se e brinca de passar a mão atrás de minhas orelhas. Ela faz tudo com delicadeza, inclusive me tocar.

Só de olhar este parque, suas árvores centenárias, suas estátuas brancas, sua piscina gigante, suas trilhas perfeitamente desenhadas, a enorme casa no centro e os muitos hectares de árvores frutíferas atrás, entende-se de imediato que a Dona é milionária, não é preciso ser inteligente para deduzir isso. Por isso, a Bela é a grande herdeira, tão bonita e atraente como nos contos de fadas. Antes do aparecimento do Canalha, um exército de pretendentes vinha de visita. Eu me pergunto para que a querem herdeira, como se sua beleza não bastasse. Mas parece que os seres humanos são assim. Como se nunca achassem nada suficiente.

No dia de seu casamento, porque a Bela se casou com o Canalha, me trancaram e eu perdi toda a festa. Assim como a Dona, não vi nada. Apenas divisei de longe o Canalha se exibindo, como se tivesse ganhado na loteria, e pensei, claro, ganhou mesmo. E, embora eu não tenha sido convidado para a festa, ela, formosíssima em seu longo vestido branco, teve um momento para ir me cumprimentar, lembrou-se do Tonto e de mim, e foi até os fundos da casa para nos jogar um beijo, um beijo longo e etéreo que atravessou os véus e as flores de seu vestido e que nós tratamos de aparar.

Os dias que se seguiram ao casamento foram opacos e meio tristes, a casa parecia vazia e o parque, inútil sem a presença dela. Tudo continuou como sempre, nada mudava, todas as manhãs eu levava a Dona para caminhar, fazê-la passear entre as árvores, e parava diante das árvores frutíferas para que ela pudesse estender a mão e sentir que uma pera era uma pera e uma maçã, uma maçã. Tudo era igual, mas a Bela não estava lá. Havia partido. Então, num sábado de manhã, escutei um vozerio, toda a casa parecia ter entrado em movimento, como por artes de magia. A cozinheira trouxe à tona os melhores odores, o jardineiro fez um barulhão com o cortador de grama, a Dona estava tão ocupada que se esqueceu de passear. Compreendi que a Bela vinha, sua primeira visita como mulher casada.

Fomos amarrados ao peumo no mesmo momento em que se escutou, de longe, o som do portão automático se abrindo, com seu leve rangido de sempre, gemendo. O Tonto e eu, ao lado da piscina, esperando que algo acontecesse. Todos se dirigiram para almoçar embaixo do umbuzeiro e a Bela foi nos cumprimentar de imediato. Balançou-se alegremente, com sua graça costumeira: o cabelo ainda era o milho das plantações e seu corpo uma espiga, o casamento não parecia tê-la prejudicado. Soltou uma cascata de sorrisos e palavras sobre nossas cabeças.

Na vida do parque existia o costume de que, depois desses grandes almoços, todos os convidados, encabeçados pela Dona, desaparecessem em seus aposentos para dormir a sesta. Sei bem disso porque, quando estavam noivos, a Bela e o Canalha aproveitavam esses longos períodos para trocar chamegos ao lado da água azul da piscina. Muitas vezes se esqueciam de nos desamarrar e devíamos permanecer ali, tranquilos e resignados embaixo da sombra do *peumo*, testemunhas involuntárias dos avanços do galã sem-vergonha sobre o corpo de sua noiva. O Tonto dormia, indiferente.

Assim sucedeu também naquele dia.

O Canalha anunciou que também iria dormir uma sesta. Partiu, exibindo uns bocejos muito pouco refinados. A recém-casada não parecia ter sono, era a única de toda a comitiva que decidira aproveitar a tarde silenciosa. Puxou da bolsa um aparelhinho preto e enfiou uns fones nos ouvidos. Não me larguei gramado afora, como era meu hábito: fiquei parado, aguardando cada passo da Bela, atento, talvez ela quisesse brincar um pouquinho comigo. Mas, em vez disso, ela se recostou numa espreguiçadeira e fechou os olhos, como se o mundo não existisse. E os ouvidos sempre tapados por aqueles aparelhinhos de surdez que levam a pessoa tão longe. O tempo transcorreu lento, como só acontece nos lugares de solidão. Porque o parque parecia imensamente só. Dava a impressão de que o sono havia adormecido cada um de seus habitantes, incluindo meu irmão, que passava metade da vida roncando. Foi então que escutei uns passos.

Imediatamente, fiquei em alerta.

Era o Canalha. Avançava quase oculto entre as árvores, como que se escondendo. Não gostei de seu jeito de caminhar, havia algo ladino nele, algo retorcido. Havia colocado o calção de banho e trazia na mão direita uma garrafa de vidro transparente que continha um líquido castanho. Na esquerda, um copo grande. Inquieto, comecei a latir. Ele se aproximou da espreguiçadeira por trás, pousou cuidadosamente a garrafa e o copo na grama e colocou as mãos no pescoço da esposa. Não sei se o apertava ou o acariciava. Ela não escutava nada, com aqueles fones de ouvido, e não ficou em alerta com meus latidos. Deve ter pensado que era uma brincadeira. Então o Canalha pegou seu lindo rosto, abriu-lhe a boca à força e começou a derramar o líquido castanho por sua garganta. No começo ela ria e dizia que não, que a deixasse sossegada. Até que parou de rir. Foi a expressão de seus olhos que mudou. Ficaram escuros. Os fones de ouvido voaram naquele esforço e só então ela escutou meus latidos e distinguiu neles uma qualidade nova. Mas já era tarde. O Canalha segurou-a bem, pelas costas, voltou a lhe abrir a boca à força e continuou vertendo sobre ela o conteúdo da garrafa. Estavam à beira da imensa piscina, o Canalha apertou o corpo da esposa ao dele e com um só movimento, curto, preciso e enérgico, jogou-a na água, atirando-se também com ela. Uma vez dentro, empurrou-a sem piedade para a parte mais funda. Ela quase não reagia, devia estar muito atordoada ou simplesmente não queria acreditar na realidade do que estava acontecendo. Esforçava-se debilmente por livrar a cabeça a fim de respirar.

Meus latidos chegavam ao céu, de tanta ferocidade, e nenhum ser humano os escutava.

Uma vez inerte aquele corpo tão belo, o homem saiu da água, enxugou-se rapidamente e correu parque adentro rumo à casa, entrando em seu quarto pela porta lateral que eu conhecia tão bem. Imaginei-o vestindo a roupa e deitando-se na cama, pronto para aparentar um sono profundo.

E eu, amarrado à árvore, sem poder fazer nada para salvá-la. Mas se apoderou de mim uma força tal, uma força desconhecida até então, que cortei a correia que me prendia e com galho e tudo me livrei da árvore que me mantinha prisioneiro. Corri para a água. O Tonto ficou olhando, muito desconcertado, mas não foi capaz de me seguir. Eu nunca havia nadado, a piscina era proibida para mim. Mas cada membro do meu corpo respondeu ao desafio e bem depressa cheguei à silhueta que flutuava no meio da piscina. Puxei-a pela roupa, tentei trazê-la à tona com meu focinho. Não tinha forças, ela pesava mais do que eu. Mas fiz um esforço. Com as patas dianteiras, procurei sustentá-la, mas ao fazer isso só conseguia afundá-la. A dormência dos meus membros. De vez em quando engolia água e, nos intervalos, latia. Continuava latindo.

Por fim, da casa saiu gente, alertada por meus latidos e pelos do meu irmão, que a essa altura havia entendido o perigo. A cozinheira, a primeira a reagir, chamou o Canalha aos gritos, quando viu de longe a cena. Todas as portas começaram a se abrir para o parque, menos a dele. Dormia muito profundamente, como disse mais tarde. Tiraram a Bela da água, um corpo lânguido e anuviado. Já não havia nada a fazer.

— O cachorro! — gritou o Canalha. — Esse cachorro maldito a afogou!

A única marca de sangue no corpo dela havia sido deixada pelas minhas unhas.

Em cima da borracharia

Quanto a mim, o futuro me alcançou. Fazer o melhor ou o pior não é muito diferente.

Às vezes penso que é tudo culpa do tio Fernando. Ele era bom rapaz, divertido, tinha sobrenome grandiloquente e, como toda a minha família, era rico. Casou-se com a mulher adequada, leia-se boa moça, divertida, com sobrenome grandiloquente, e rica: a tia Mónica. Moravam no campo, nas terras familiares de Colchagua, um pouco alheios ao desenvolvimento dos seres humanos comuns e corriqueiros, e a impressão era a de que se divertiam até não poder mais. Minhas lembranças de infância na casa deles estão ligadas a grandes comilanças e grandes bebedeiras. Tiveram três filhos. Moniquita, Bea e Ramón, primos-irmãos de minha mãe. Por essas desgraças da vida, Bea nasceu cega. Acho que enxergava alguma coisa, mas não muito. Na época não existiam políticas para a deficiência, o que levou meus tios a interná-la em um lar para cegos em Santiago, na comuna de La Cisterna. Ramón, que não era muito bom da cabeça, quis ir com ela, mas não o aceitaram no lar porque seus dois olhos eram sãos. Ninguém sabe como a pobre Bea conseguiu crescer e se desenvolver, mas lá ficou. Recordo como a tragédia envolveu toda a família no dia em que a estupraram. Foi no lar, disse minha mãe, só pode ter sido um dos cegos. E como ele acertou o alvo?, perguntou meu irmão Pablo, e o expulsaram da mesa. Moniquita ficou na propriedade familiar por um tempo, até o dia em que apareceu na hora do almoço avisando que havia se casado com o jardineiro. Tio Fernando e tia Mónica acharam que se tratava de uma brincadeira de mau gosto. Mas não: era verdade. Nelson, o homem que podava as roseiras e regava a grama, havia deixado Moniquita apaixonada e a convenceu a ficar com ele. Era o único homem jovem em muitos quilômetros, esclarecia minha mãe, como se isso explicasse tudo. Claro, demitiram o jardineiro no ato e a herdeira virtual partiu com ele. Tio Fernando apagou-a de sua mente, a filha deixou de existir. (Digo *virtual* porque, com a morte dos meus tios, não houve herança alguma a reclamar. A terra em que viviam pertencia à família extensa, meu avô e seus outros irmãos, e portanto foi dividida entre eles sem incluir filhos nem genros. E a fortuna que se imaginava havia desaparecido. A casa, hipotecada; vendidos, suponho, os óleos do século passado que enfeitavam os corredores, não restou sequer uma marina, nada. Para onde foi o dinheiro, ninguém sabe ao certo, mas temos intuições).

Voltando a Moniquita: fugiu com o jardineiro para Santiago e levou junto seu irmão Ramón. Instalaram-se numa casa — a única que puderam pagar — num lugarejo em Lampa, a zona mais fria da cidade. Nelson vendia seus serviços às casas do bairro alto, onde sempre temia encontrar alguém da família de sua esposa. Ela não podia sair para trabalhar — forças não lhe faltavam — porque teve um filho atrás do outro, nem pílulas nem camisinhas, nada. Como se fosse do Opus Dei. Ramón cooperava um pouco com as crianças, mas não era uma ajuda confiável nem permanente, porque desaparecia por semanas inteiras. Deve estar com a Bea, dizia Moniquita tranquila, não se preocupava facilmente. Ninguém se lembrava muito deles. Como se tivessem partido para a Austrália, algo assim.

Um dia, meu pai chegou lívido em casa. Pegou minha mãe pelo braço e a levou para seu escritório: vi a Bea na rua, contou (eu espiava atrás de uma poltrona). E o que tem isso de especial?, perguntou ela, pronta para se safar de qualquer coisa que se relacionasse com aquela família (à parte a roupa que levava para Moniquita; tudo o que ficava pequeno em mim partia para lá, junto com toalhas e lençóis velhos). Ela cantava, Julita, estava cantando na Ahumada com Huérfanos, na esquina do Banco de Chile, com um prato com moedas na calçada. E sabe quem canta com ela? Ramón! Ele me contou que lava carros numa loja na Alameda, em frente à Universidade Católica. Quando não tem muito trabalho, vai e acompanha Bea no canto.

    Os suspiros de minha mãe encheram o aposento. Isso parecia ser mais grave do que o estupro. Já que nela a responsabilidade familiar predominava sobre o vexame, partiu para as esquinas indicadas a fim de: 1) conferir se era verdade e 2) perguntar a Bea o que pretendia. Chegou de volta em casa totalmente derrotada, quase desesperada: a Bea *tem prazer* em cantar nas esquinas!, faz isso por gosto!

    Nunca pensei que o arrivismo teria seu oposto, sentenciou minha pobre mãe na hora do almoço, arqueando as sobrancelhas, sintoma ineludível, aviso da irritação que estava vindo.

    O abaixismo, completei.

    Essa palavra não existe, e, se não existe, deve ser por algum motivo.

Nunca fui um troféu para ninguém. Nem para minhas colegas, que não disputavam entre si minha amizade, e muito menos para os homens. Afora minha evidente timidez no convívio social, minha aparência era bem pouco significativa (ainda é, no presente). Eu era a caçula e dava a impressão de que ninguém se incomodava em me educar, como se já tivessem tentado em vão essa tarefa. Tudo ao meu redor me entediava um pouco. Sobretudo minha família. Pai-empresário-que-não--tem-tempo-para-nada. Grande provedor, um tanto inculto, seguramente mulherengo mas não me consta, eu costumava vê-lo em fotografias da imprensa com um sorriso de fachada. Chato, o meu pai. Mãe-magnífica-opiniática-dona-da-verdade. Esmagadora, observadora de todos os costumes, astuta, um pouco distante, o agrião era seu prato preferido. Chata, minha mãe. Irmã-mais-velha-intelectual-severa. Sempre que a via chegar das aulas, com pesados textos embaixo do braço, com cara de ter estudado *muito*, eu tinha a impressão de ser uma barata. Chata, minha irmã. Irmão-débil-preguiçoso-um--pouco-alcoólatra-cópia-de-seu-pai-mas-humano. Entre uma desintoxicação e outra, conseguia que a gente gostasse dele e tivesse vontade de protegê-lo, mas isso durava pouco, ele ficava irascível a partir do nada e às vezes violento e eu escapulia. Trabalhava na empresa do meu pai. Chato, meu irmão.

Havia, claro, as babás que cuidavam de mim. Algumas me amaram, mas eram substituídas muito frequentemente, algo acontecia entre minha mãe e elas, que não duravam. A lista foi longa, e nenhuma ficou gravada a fogo em minha memória.

Meu único amor era meu gato Ladislao. Vivia no meu quarto, dormia em minha cama, eu lhe dava minha comida. Compartilhávamos uma estranha linguagem e um afeto infinito. Às vezes ele me fitava com grande concentração — como ninguém mais o fazia — e seus enormes olhos escuros transmitiam mensagens ineludíveis que me acalmavam ou me alegravam, segundo o momento. No dia em que o atropelaram, um pedaço do meu coração se fechou. Eu tinha quinze anos, oito dos quais com ele ao meu lado. Como não existe protocolo para uma dor desse tipo, eu não soube como vivê-la. Não havia espaço possível para conter meu pesar, porque quando um gato morre a vida continua e eu era obrigada a continuar também. Se morre um familiar, você deixa de ir ao colégio, tranca-se para chorar, existem as cerimônias e liturgias que anestesiam a gente, e os outros lhe permitem ir à merda e até a acompanham na dor e cuidam de você. Portanto, uma morte na família é um sinal verde para despencar ladeira abaixo. Eu não tive nada disso, e como me fez falta! Em casa me diziam: mas, Belén, era só um gato. Sim, *era só um gato*, como se isso liquidasse a história. Então comecei a comer. Sempre que a ausência de Ladislao se tornava intolerável, eu descia do meu quarto para a cozinha e abria a geladeira. Engordei cinco quilos em dois meses e mudei de manequim. Minha mãe se alarmou. Colocou-me numa dieta rigorosa. Às vezes, às escondidas dela, eu procurava algo calórico, o mais calórico possível, e devorava, culpada e desesperada. Escutei-a dizendo a Loreto, minha irmã mais velha: me apavora que Belén adquira identidade de gorda, você já notou que as gordas caminham de uma determinada forma, se sentam de outra, olham o mundo sob o ponto de vista da gordura?

Até o dia de hoje.

Meu armário, embora pequeno, contém todos os tamanhos pelos quais passei, bem arrumadinhos os vestidos de manequim 38, 40, 42, 44, 46. Todos cinzentos, azuis ou café. Nada de cor, nada estridente, nada muito visível. Por favor, nada brilhante. Tenho pavor de chamar a atenção. Não perco as esperanças. Hoje vivo a fase do tamanho 44, mas tenho certeza de que recuperarei o 38, não só para me ver bem, mas para que minha mãe não me encare com desprezo. Voltarei a ser magra, custe o que custar.

Para compensar as dietas, comecei a fumar. Lentamente fui me tornando dependente do tabaco, nada me fascinava mais do que sentir os primeiros efeitos no corpo, quando tragava de manhã. Para estudar, fumava. Para ouvir música, fumava. Para falar ao telefone, fumava. Para não ter fome, fumava. A quantidade de cigarros diários foi aumentando. Faz uns anos que decidi parar, odiava minha dependência à medida que nós fumantes íamos sendo cercados. Já em nenhum lugar deixam você sossegada e nossa vida está ficando a cada dia mais difícil. Não que eu pegue muitos aviões ou me hospede em muitos hotéis, mas até no botequim da esquina é proibido. Então pedi a um amigo médico que me ajudasse, ou com hipnose, ou com remédios, qualquer coisa. Ele me fez escolher uma data determinada para ir me acostumando à ideia de uma vida no smoking. Recordo a noite final, quando chegou o dia marcado. Peguei meus cigarros, meus isqueiros e todos os cinzeiros que havia na casa, meti tudo num saco plástico e parti para o cesto de lixo: ainda revivo o soluço enorme que explodiu em meu peito no minuto em que os joguei fora. Era como enterrar Ladislao. Nessa noite, mal dormi, como uma esposa amante que sabe que no dia seguinte vai enviuvar, um sobressalto atrás do outro, só maus presságios. Começou meu calvário da vida saudável. Andava pela rua e olhava os fumantes e não sabia quem eu era. À noite, chorava. Sentia-me muito sozinha. Parecia que todos os meus atos se tornavam insignificantes. Se me perguntassem sobre o assunto, começavam os beicinhos e eu não conseguia responder sem chorar. Passaram-se sete meses, sete longos, eternos meses sem fumar. No dia em que me dei conta de que havia abandonado meu melhor amigo, parti para o botequim e muito tranquilamente pedi um maço de Kent. Hoje, tenho uma tosse de cachorro, mas uma companhia leal e segura.

Assim, perante o mundo, éramos uma família comum e corriqueira, como todas. Vivíamos numa casa grande e bonita em Vitacura, eu estudava no colégio de umas freiras rígidas e medíocres, me preparando para um futuro previsível, mas com medo de que ele me escapasse.

O futuro. Bonito conceito, enganoso, impreciso, tremendo filho da puta. Eu não sabia bem o que fazer com minha vida no meio de tanta chatice e escolhi estudar Serviço Social, pensando que ao menos poderia topar com histórias de verdade. A notícia foi recebida em minha família sem nenhum entusiasmo. Talvez, amanhã, você possa se encarregar do pessoal de nossa empresa, opinou meu pai, com mal dissimulado ceticismo. Minha mãe arqueou as sobrancelhas. Loreto não tomou conhecimento, e menos ainda meu irmão Pablo, sempre mergulhado em seu mundo.

As histórias que eu tinha para contar não interessavam muito a ninguém. As tragédias são tão da classe média, filhinha, poupe-se. E eu guardava silêncio. Foi então que conheci Arturo. Éramos colegas na escola e não demoramos a simpatizar. Fazíamos planos grandiosos para quando fôssemos profissionais, certos de que realmente mudaríamos o mundo. Seus pais eram modestos trabalhadores: ele, funcionário dos Impostos Internos; ela, caixa num supermercado. Moravam em Puente Alto. (Na primeira vez em que fui estudar na casa deles precisei levar mapa, não conseguia acreditar que a cidade se estendia tanto e que houvesse tantas estações de metrô desconhecidas para mim.) A mãe de Arturo nos fez um queque para a hora do chá. Na primeira vez em que ele foi à minha, coube-lhe a hora do almoço. Com minha mãe à cabeceira. Quando terminamos a entrada, ela tocou a sineta para avisar à cozinha, gesto eterno em minha casa, e que nunca me havia chamado a atenção. Mas, quando estávamos voltando para a escola, Arturo me disse que aquilo era inadmissível, que a gente só chama com sineta os animais ou os escravos. E minha mãe, por sua vez, não conseguiu se reprimir: meu amor, seus novos amigos não sabem usar os talheres, você viu que ele nem tocou na faca de peixe?

Apesar dos talheres e das sinetas, nos apaixonamos.

Minha experiência prévia com o amor não havia sido muito satisfatória. Eu deveria dizer "com o sexo", mas, como me ensinaram a unir as duas palavras, assim as uso. Dois daqueles fatos foram relevantes para me lançar nos braços de Arturo. O primeiro, Francisco Javier, era ex-aluno de um colégio conhecido, nossos pais se encontravam nos restaurantes, ele cursava o segundo ano de Engenharia Comercial na Universidade Católica e havia se mudado para morar com uns amigos a fim de "adquirir certa experiência". Era alto, de bom aspecto, e tinha os olhos muito, muito verdes. Uma noite, se embebedou um pouco numa festa e começou a me agarrar enquanto dançávamos. Prefiro não entrar em detalhes, e apenas contar que, quando estava em sua cama, nua em seus braços, me senti a mulher mais sortuda do mundo. Na manhã seguinte ele me acordou com uma expressão de muita pressa e me tirou da cama, explicando que estava atrasado para uma prova de Estatística Inferencial e que devia voar para a universidade. Deixei meu número de telefone em sua mesinha de cabeceira. Quando os dias passaram e eu não recebi uma ligação, fui procurá-lo. Ele morava em El Golf, bem perto da minha casa. Ao me abrir a porta do apartamento, não me convidou para entrar. Ali, de pé na entrada, me disse que esquecesse aquela noite, que não significava nada, que lamentava. Fechou a porta na minha cara. Eu fiquei ali, petrificada. Toquei e toquei a campainha, e ele não abriu de novo. Então me sentei na escada que dava para seu apartamento e chorei a noite inteira, ali, na porta de sua casa, desconsolada.

O segundo episódio não foi muito diferente. Fui a uma festa de uma antiga colega de colégio e lá conheci Luis Ignacio, publicitário, meio ocioso, trabalhava de forma independente depois de ter estudado artes ou algo assim. Era muito bonito, o tipo de homem que nunca olhava para mulheres como eu, e isso explica minha surpresa e minha inevitável fascinação quando ele me convidou para continuar a festa em sua casa. Também morava num apartamento, como todos os solteiros desta cidade, mas num bairro mais adequado ao seu temperamento, no Parque Florestal. Passamos uma noite fantástica, por algumas horas consegui não me sentir opaca nem medíocre. Achei razoável calcular que algo assim continuaria, como não? Mas ele também não ligou depois, embora eu revisasse mil vezes meus telefonemas, esperando-o. Decidi que ele devia ter anotado errado o meu número e fui vê-lo. Com toda a inocência do mundo, toquei sua campainha numa quarta-feira à noite. A expressão de assombro em seu rosto, ao topar comigo, deveria ter me alertado. Mandou-me entrar, me ofereceu uma Coca-Cola e dali a poucos minutos se desculpou, disse que havia combinado um jantar, que eu tinha de ir embora, que havia sido muito agradável me ver. Fiquei no patamar esperando vê-lo sair. Algo me dizia que não era verdade, que não existia o tal compromisso. E ele não saiu. Toquei a campainha, e ele não abriu a porta. Mais uma vez, me sentei nos degraus e chorei e chorei. A noite inteira.

Por quais putas os homens me deixam?

Arturo não se escondeu depois de nosso primeiro encontro sexual nem me mandou embora de sua casa. Propôs que nos casássemos quando terminássemos os estudos, convencido de que o simples fato de nos formarmos nos garantia trabalho. No caso de alguém perguntar: não, não existem filas de empregadores para os assistentes sociais. Arturo conseguiu ser contratado numa repartição do Ministério da Saúde, com um salário ridículo. Disseram que ele seria promovido mais adiante, que não se preocupasse, que devia fazer carreira dentro do Ministério. Eu me candidatei a todos os lugares que me ocorreram e, claro, não eram muitos. Mulher e em idade fértil, ninguém me respondia. Pedi a Arturo que adiássemos o casamento até que os dois tivéssemos emprego, não imaginava como poderíamos viver só com seu salário. Ele sugeriu que, em vez de adiar, seria melhor irmos morar em Puente Alto. Você, de agregada?, me perguntou minha mãe, horrorizada, de jeito nenhum! (Mas não me ofereceu espaço em sua casa, enorme e com vários aposentos vazios.) Por fim consegui um trabalho de meio expediente numa fundação que geria projetos de saúde mental para mulheres do povo (sem fins lucrativos, desculpa para pagar o mínimo). Eu estava tão cansada com as discussões familiares, todos insistindo em que aquela união era uma loucura, que meu único desejo era sair dali. No dia em que me contrataram, pedi a Arturo que nos apressássemos. Tem medo de que eles acabem convencendo você?, perguntou ele. Prefiro saltar os detalhes da cerimônia em si. Digo apenas que Arturo não quis, por nada no mundo, uma comemoração tipo moça-do-bairro-alto-se-casa-com-grande-festa. No dia em que reunimos nossos pais para que se conhecessem, nosso nervoso quase nos deixou arrasados. Os dois casais se encararam, se farejaram como cães inimigos, marcaram território e, claro, meus sogros voltaram a Puente Alto com uma sensação inevitável de humilhação (e com a certeza de que não colocariam mais os pés no bairro de Vitacura). Decidimos não comemorar. Não houve nem festa nem vestido branco, nada.

Por que Belén se priva das coisas às quais tem direito?, foi o que escutei várias vezes de minha mãe.

Parecia-me impossível fazer uma lista dos meus direitos, eu não sabia bem quais eram. Ou quais eram aqueles aos quais minha mãe se referia.

Não há coisa mais triste do que viver em cima de uma borracharia. Dá a impressão de que tudo se contamina com a graxa e a bagunça e a imundície das peças de automóvel. Para chegar à escada, eu tinha de saltar sobre os pneus no chão e sobre câmaras furadas. Foi o único lugar que encontramos, um segundo andar na avenida Irarrázaval. Claro, em Puente Alto também havia aluguéis baratos, ou em La Cisterna, onde ficava o Lar de Cegos da minha tia Bea, mas eu não queria ficar muito longe do meu trabalho e do mundo que conhecia. Eram três peças, todas pequenas, mais o banheiro. Em uma dormíamos, na outra comíamos e na terceira cozinhávamos. Nem Arturo nem eu tínhamos muita vida social, não precisávamos de espaço para "receber". Eu voltava para casa às duas da tarde e almoçava sozinha. Arturo nunca chegava antes das sete. Eu comia qualquer coisa, reservava as energias para cozinhar quando ele chegasse. Mas não sabia nem acender o forno, nunca me ensinaram as tarefas domésticas, e pior, nunca vi minha mãe na cozinha, ela se limitava a dar ordens às empregadas, lá do seu quarto. Arturo me ensinou algumas coisas básicas e minha sogra, outras. Assim fui aprendendo. Nos domingos íamos a Puente Alto e comíamos bem, lá faziam *parrilladas* e grandes saladas de batata, nunca mais os aspargos ou as sopas de champignon ou o melão com presunto cru.

    Estávamos casados havia um mês naquela manhã em que Arturo me acordou muito aborrecido porque seu terno não estava passado a ferro. Pensei, inocentemente, o que eu tenho a ver com o terno dele?

    Não sei passar, respondi.

    Ele pegou o telefone e ligou para a mãe. Pediu que por favor ela viesse à tarde para me ensinar. Encarei isso com senso de humor. Não me parecia ruim aprender algo tão básico. O que me ensinaram na casa dos meus pais, meu Deus?, pensei, eu não sei fazer nada!

    Os problemas começaram quando eu soube que, à margem da minha boa vontade de recém-casada, era meu *dever* alimentar meu marido. Isso não estava em discussão. Um dia cheguei com agrião e rúcula do mercado e Arturo me olhou como se eu estivesse maluca. Eu não como mato, me disse. Mato, como assim?, eu quis discutir, em minha casa sempre comemos isso. Sua casa? Você se refere à casa dos seus pais? Escute bem, Belén, esta é a *minha* casa, esqueça todo o resto.

Comecei a engordar outra vez. No dia em que me casei, estava no tamanho 40. Em um ano, já me aproximava do 46. Quando chegava em casa, em vez de almoçar, comia uns pãezinhos com queijo. Não mais brie nem gruyère, não, só o queijo amanteigado mais barato.

E, para culminar, meus dentes. Quando estávamos nos momentos de intimidade, Arturo me olhava os dentes e dizia, brincando, feche essa boca, esconda essas pérolas para eu não ter inveja. É que meus dentes estavam em relação direta com minha casa em Vitacura. Suas peças eram brancas, regulares, perfeitas. E só muito mais tarde entendi que Arturo odiava meus dentes.

Conheci na fundação uma mulher que me chamou a atenção. Era advogada, um pouco mais velha do que eu, trabalhava meio expediente para ganhar a vida e no resto do tempo se dedicava a obras sociais. Desde o início me pareceu uma pessoa atraente, tanto pela aparência — bonita, cabelo curto, castanho e muito brilhante, sempre bem-vestida, embora nunca formal — como pela postura na vida, uma mistura entre progressista, rigorosa, com grande senso comum e com a cota de frivolidade necessária para torná-la divertida. Seu tamanho, claro, era 36, e ela era dona de um par de pernas muito longas. Um dia nos atrasamos no trabalho que devíamos entregar e ela me propôs continuar em minha casa. E podemos tomar um drinque, sugeriu. Fiquei meio nervosa, em minha casa só havia pisco ou cerveja e eu imaginava que ela bebia vinho branco ou vodca. No caminho, vamos comprar uma garrafa de vinho, me propôs, como se intuísse meu dilema. Estávamos sentadas à mesa da sala de jantar, em plena conversa — ela me contava sobre seu primeiro marido (já teve dois) e enfeitava suas histórias com episódios divertidos, o que me encantava —, quando Arturo chegou. Captei sua expressão e a tensão em seu rosto quando a apresentei a ele. Retirou-se para o quarto o mais depressa possível para "não interromper nosso trabalho". Quando Carolina, assim se chamava a advogada, foi embora, ele não demorou a fazer comentários mordazes. Candidamente, perguntei o que o desagradava nela. Acha-se melhor do que nós, foi a resposta. Demorei uns três dias para me dar conta do que estava acontecendo: Carolina o complexava. E ele não queria que eu a mantivesse por perto.

Eu passava longas horas sozinha em casa. Ligava a tevê, via qualquer bobagem, tentava fazer trabalhos domésticos tais como lavar roupa, engomar, passar o aspirador, fazer comida. Mesmo assim, me sobrava tempo. Eu me entediava. Olhava aquelas paredes com algumas marcas de umidade, calculava os metros quadrados, me imaginava sendo Albert Speer em sua cela em Spandau, tendo como único exercício o de caminhar por ela imaginando quilômetros de terra aberta. Deitava-me na cama e odiava aquelas colchas grossas e feias que a cobriam, tudo porque Arturo não me deixou trazer da casa materna o edredom de penas de ganso. Tudo o que me rodeava era um tanto feio, mas eu nunca havia aspirado à beleza. De vez em quando, ia de visita à casa da minha mãe.

Seu cabelo está oleoso, Belén.

Ai, mamãe, esqueça o cabelo, me deixe sossegada.

Quanto você está pesando, Belén? É que isso me preocupa...

Furiosa, eu acendia um cigarro para me acalmar.

Não, meu anjo, nesta casa não se fuma, não sei o que seus amigos fazem nesse mundo onde você vive, mas aqui, cigarros, não.

Eu voltava ao meu apartamento em cima da borracharia pensando em tio Fernando, Bea e Moniquita, e constatando que eu também já não parecia ter espaço no mundo da minha família. Minha irmã mais velha se formara como médica cirurgiã e Pablo, meu irmão, deixava que meu pai o explorasse em sua indústria: eu não os via e eles não se interessavam por mim. Minhas amigas do colégio nunca haviam sido muito próximas. Só me restavam o pessoal da universidade — os amigos de Arturo, para falar a verdade — e a família dele. Em Puente Alto, ninguém se importava com quantos quilos você pesava. Então, depois de passear durante horas ao estilo Albert Speer, quando começava a sentir certa saudade da casa dos meus pais eu recordava as frases de minha mãe, e decidia não botar um pé fora do meu apartamento. Em contraposição, ia até o guarda-roupa e acariciava meus vestidos, olhando os tamanhos.

A Fundação e o projeto no qual eu trabalhava fecharam da noite para o dia e eu fiquei desempregada. Enquanto procurava emprego e mandava propostas e currículos a todos os lugares que encontrava na internet, passaram-se alguns meses. O salário de Arturo definitivamente não nos bastava. Eu já não podia comprar nem queijo barato. Então me empanturrava de pão e *marraquetas*, enquanto, sentada diante do computador, pensava sobre meu futuro. Passei ao tamanho 48. As contas começaram a vencer sem pagamento. O Transantiago aumentou o preço. E chegou o dia em que Arturo me enfrentou. Disse que devíamos ir morar com os pais dele, que não havia outro remédio. Imaginei-me como agregada, em casa alheia, fazendo sexo em silêncio, lavando pratos sem parar, com um avental amarrado à cintura, respeitando meu marido pelas vinte quatro horas do dia — ou pelo menos simulando respeitá-lo —, tomando eternos metrôs e ônibus para chegar a um lugar qualquer que me viesse à cabeça. E ociosa, desempregada, convivendo com meus sogros dentro de poucos metros quadrados, sem alternativa de fuga. Minha expressão ofendeu Arturo. Mas pelo menos os pais dele haviam oferecido ajuda, os meus nem isso.

Vou falar com minha mãe, respondi.

Só por cima do meu cadáver, retrucou ele.

Nessa noite, entre os roncos de Arturo, eu me interroguei sobre o fracasso. Que porra significa essa palavra? Pensei em sua ambiguidade, em todas as conotações sociais que repercutem só de pronunciá-la. A pessoa fracassa segundo o outro ou segundo ela mesma? Pensei no tio Fernando, na prima Moniquita, na Bea com sua cegueira e em Ramón com sua falta de juízo. O único fracasso é o que se pode medir interiormente, eu me disse devagarinho, enquanto meus olhos se fechavam.

No dia seguinte, depois que Arturo partiu para o Ministério, tomei banho, lavei a cabeça, me vesti o melhor que pude e peguei o ônibus para a casa da minha mãe. Imaginava que Moniquita, em Lampa, seguramente passava pior do que eu.

Minha mãe estava instalada na saleta, um aposento no primeiro andar ao lado do living que ela inventou para nossos noivados, apavorada com que alguém do sexo oposto entrasse em um de nossos quartos. Com uma xícara de café numa mão, uma página do jornal na outra, a faxina recém-feita, todo o cômodo cheirosinho, a luz do sol pelas janelas sublinhando a limpeza e o bem-estar.

Você não lixou as unhas, foi a primeira coisa que me disse, para em seguida acrescentar, quantos quilos engordou desde a última vez em que veio?

Pedi um café à empregada da vez, me sentei na poltrona estofada em flores amarelas, tentando reunir forças para conversar com ela. Minha mãe me contava sobre uma festa na casa de minha irmã Loreto para comemorar não sei qual sucesso profissional, uma festa para a qual ninguém tinha me convidado, sobre os canapés, os caranguejos e o champanhe argentino que era maravilhoso, agora que o francês estava tão caro. De repente, interrompeu o blá-blá-blá, quando me levantei da poltrona para pousar a xícara de café.

Belén, ouvi-a dizer, como se sua voz viesse de muito longe, é impressão minha ou o material de seu casaco é sintético? Pelo caimento, é sintético, eu acho...

Sim, mamãe, é de acrílico.

O que lhe aconteceu, filha?, me perguntou arqueando as sobrancelhas, preparando-se para a irritação, como você chegou a este estado?

Encarei-a fixamente.

Desculpe, mamãe, preciso ir.

Saí daquela casa como se o diabo me perseguisse. Lá fora, acendi um cigarro, os Kent, sempre leais, me devolveram a mim mesma. A uma eu mesma entre plácida e vencida, cujas afirmações nunca eram totalmente definidas, sempre ficavam em esboço.

Caminhei até o ponto do ônibus.

Peguei-o e consegui um assento, àquela hora só viajam os que não têm trabalho, como eu. Pensei que não há coisa mais triste do que viver em cima de uma borracharia, esse não devia ser o destino final de ninguém. Em Puente Alto, pelo menos, os pneus furados não estão à vista.

O consolo

São duas da manhã e, com mãos trêmulas e cansadas, ela folheia um pequeno Larousse que alguém deixou na mesinha da sala. Pergunta-se quem se dedica a olhar dicionários enquanto espera, e pensa que aquele talvez seja parte da decoração, como as revistas de fofoca nos salões de beleza. Sem sequer se dar conta, chega à letra P e procura pancreatite, como se seus dedos a levassem até ali independentemente de sua vontade. Não, a palavra não existe, segundo os editores do Larousse. Como se a doença não existisse. Pâncreas, Pancreático, Pancreatina.

O jovem filho de Ana jaz na Unidade Intensiva do hospital lutando entre a vida e a morte. Numa pequena e silenciosa sala de visitas, Ana passa os dias e quase todas as noites à espera de uma palavra do doutor, de poder avistar seu filho dali do vão da porta, da informação sobre qualquer mínima mudança no quadro clínico. A essa sala impregnada de dor chegam para lhe fazer companhia as mulheres de sua vida. As redes se expandiram e, entre a família, as amigas e as colegas de trabalho, revezam-se para também se impregnarem da tristeza e assim conseguir diluir um pouco a dela. Não gritam nem se arrancam os cabelos, como em outras culturas; pelo contrário, tudo acontece na mais absoluta sobriedade, em sussurros, quase em silêncio.

Calma, Ana, desesperando-se você não vai conseguir nada, isso não ajuda seu filho.

Ele vai melhorar, não tenha dúvida, está nas melhores mãos do mundo.

Nem por um minuto seja pessimista, Ana, sua própria fé o salvará.

Mais tarde você recordará estes dias, quando tudo voltar aos trilhos, e encontrará uma razão para ter passado por eles.

A situação sempre poderia ser pior, devemos agradecer porque há órgãos intactos. Com o filho de uma amiga minha aconteceu o mesmo e ele foi em frente, enquanto ele respirava, ela nunca se desesperou.

Entra na sala María, amiga de Ana. Abraça-a em silêncio. Depois se senta a seu lado e lhe estende um copinho de café. Diz: isto é o pior que pode acontecer a uma mulher durante sua existência, ver seu filho se debatendo entre a vida e a morte.

As outras a encaram, escandalizadas. Todas pensam ao mesmo tempo: que despropósito! Nestes dias ninguém mencionou a palavra *morte*. Mas María continua, muito serena: este é um momento para perder a compostura, Ana, acho que você tem direito a chorar, a gritar, a socar as paredes. E, se acredita em Deus, maldiga-o, com que direito ele lhe envia este horror?

Nos olhos de Ana aparece uma nova expressão, como se a palavra *consolo* finalmente se fizesse carne.

Ana conheceu María há muitos anos, estudaram no mesmo colégio. Hoje, Ana é uma mulher relativamente estável, com um trabalho de cozinheira que inventou para si mesma, mantém os dois filhos sem depender inteiramente da pensão mensal que o ex-marido (o qual já se casou com outra) deve pagar a eles, e seus dias são bastante agradáveis, parecidos com a chuva que ela gosta de olhar pela janela no inverno, monótona mas, ao fim e ao cabo, cativante. Sempre pode se transformar em tempestade. Ou dilúvio. Aspira a poucas coisas, é — em todos os sentidos — austera. Só deseja levar seus filhos em frente, olhar-se no espelho sem xingar, que o filme que vai ver na sexta-feira no cinema com as amigas a convença, que a cidade não se congestione além da conta, trocar de carro a cada cinco anos para que não se desvalorize, tomar várias taças de vinho branco com as primas numa noite de verão, e confiar um pouco em Deus. O amor? Tem muito medo de que voltem a feri-la. Teme, de repente, sentir o incêndio que pode explodir sob suas pálpebras. Não se fecha diante da possibilidade de se apaixonar, mas não vê como isso poderia acontecer, algumas vezes conheceu homens atraentes em seu ambiente de trabalho, só que eles sempre se revelam gays ou então mortos de fome. Duvida de que todos os humanos devam viver em casal, embora não faça questão de negar isso. Se alguém lhe perguntasse por sua vida, ela responderia — com uma candura irrefletida — que a sua é uma que merece ser vivida.

María, em contraposição, gira dentro de um redemoinho. Seus dias são muito ocupados, ela ganha bastante dinheiro com decoração de interiores e pode ser vista voando entre um carpinteiro e um antiquário, entre uma casa na praia e uma empresa que reformou suas instalações, um restaurante elegante com um cliente e uma fábrica de tecidos para forração. O espaço e o que este pode conter são sua obsessão e até parece que sua imaginação nunca se esgota, como se brotasse por conta própria sem controle de sua mente. Sua vida sentimental é inquieta e imprevisível tanto quanto ela mesma, aqui e ali olha e se arrisca, para decidir que afinal ninguém a merece. Casou-se ainda muito jovem com um homem que poderia ser seu pai, um casamento que todos previram que não duraria, e em dois anos já era uma mulher separada. A maternidade nunca foi prioridade em seus objetivos.

Nenhuma das duas era muito rigorosa na hora de manter um ritmo que desse continuidade à amizade, mas, quando se encontravam, brotava nelas um genuíno gosto por se escutarem. María invejava a serenidade de Ana e Ana, por sua vez, os dedos longos, cheios de anéis, e o cabelo revolto de María, o qual lhe caía pelas costas, brilhante e um pouco atrevido. Cada uma admirava na outra aquilo que era alheio à sua personalidade.

Uma tarde, como outras, María chega ao hospital, pega Ana pelo braço e diz: vamos, você precisa arejar um pouco. Ana reclama que não pode nem deve alterar sua frágil rotina, que um movimento inadequado de sua parte pode mudar a situação de seu filho. María responde que isso soa a superstição, mais do que a outra coisa, e insiste. A irmã mais nova de Ana, sentada ao seu lado no sofá da sala de espera — da qual já se apropriaram —, deixa a revista que está lendo e apoia a ideia de María. Eu substituo você, diz, persuasiva, à irmã, prometo lhe telefonar se houver o mínimo sinal de mudança.

Caminham para o estacionamento, Ana treme um pouco, mais pela dúvida e pela preocupação do que pela culpa antecipada, aquela que sentiu, à própria revelia, a cada noite em que o cansaço a fez voltar para casa e dormir em uma cama como Deus manda. Odeia essa culpa ansiosa, mas não sabe como evitá-la. Com docilidade, entra no carro de María e faz o gesto automático de prender o cinto de segurança e de abrir um pouco a janela para respirar. Quando o automóvel já está em marcha, pergunta com certa timidez para onde vão.

Para o novo shopping center, responde María, aposto que você não conhece!

Não, não conheço, foi inaugurado poucas semanas antes do acidente, fica muito perto do hospital...

Não se passaram quinze minutos e elas já caminham pela imensidão dos corredores e sob os tetos iluminados, e à medida que sobem as escadas rolantes sentem diferentes fragrâncias que vêm das perfumarias. Ana, oprimida pelo tamanho e pela elegância do lugar, não toma nenhuma decisão, prefere seguir María, que caminha com toda a segurança entre os milhares de ofertas, entre tantas tentações que chamam e provocam, verdadeiras cenografias do desejo: ela saberá onde parar.

Entram numa butique cuja vitrine, com uma sedutora luz amortecida em pontos estratégicos, exibe glamorosos manequins que mais parecem estátuas de algum museu vanguardista do que suportes para trajes passageiros.

Isto parece saído da Rue Saint-Honoré, comenta Ana, impressionada.

E você sabe dessa rua?, pergunta María, surpreendida.

Ana a encara com malícia e entra na loja com um sorriso nos lábios, o primeiro da tarde, pensa María. Guardou o celular na bolsa, sempre ligado, claro, mas já não grudado às suas mãos como um prolongamento de si mesma.

María dá uma rápida olhada nas araras e vai tirando cabides para passá-los a Ana. Não olha os preços, mas só tamanhos, cores e formas. Empolga-se com uma ampla saia cor de areia em cuja cintura se prende um tecido fúcsia, largo e listrado em diversos tons da mesma cor, e coroada por um brilhante e masculino paletó de veludo preto.

Experimente, vai ficar lindo em você.

Ana obedece e parte para o provador. Momentos depois, aparece vestida naquela roupa estranha, que no entanto a transforma e a ilumina. Seus trajes antigos, meticulosamente pendurados no gancho do provador, parecem olhá-la como uma pessoa triste e desiludida.

Maravilhoso!, exclama Ana, entusiasmada, ficou perfeito!

Sim, admite Ana, mas me diga a verdade: quando é que eu usaria essa roupa?

Qualquer dia, despacha-a María de imediato, em qualquer hora e para qualquer atividade. E, veja, encontrei a blusa que combina certinho com esse conjunto.

Mas, e se eu me arrepender?, insiste Ana.

Não vai se arrepender, acredite.

Parecem ter asas, pensa Ana enquanto sente na polpa dos dedos os novos materiais, quando são finos e suntuosos parecem pássaros voando. E olha com nova cumplicidade o pano cor de areia da saia, os fúcsias do cinto, o veludo do paletó, como se também eles se entusiasmassem com a transformação de sua portadora. A blusa, metade seda, metade linho, cai-lhe muito bem. A linha na testa de Ana se suaviza.

Sacolas na mão, prosseguem com seu objetivo. Espera-as a melhor das perfumarias, na opinião de María, e entram seguras de si mesmas e inspecionam prateleiras e mostruários. Experimentam e cheiram os cremes. Ana toma nas mãos um pequeno e redondo pote de cor verde. Meio desconcertada, lê em voz alta o que diz o rótulo: confeccionado com óleo de ovos de formiga.

Pode mudar sua vida, não tenha dúvida, diz María.
Ambas caem na risada.

Duas horas mais tarde, esgotadas e cheias de pacotes, decidem tomar algo no bar do shopping, antes de empreender a retirada. Instalam-se numa mesinha no fundo e começam a revisar tudo o que compraram.

Não posso entrar no hospital com tanto pacote, María, imagine que imagem eu passaria...

Deixe no meu carro, amanhã eu entrego em sua casa.

Pedem um pisco sour que bebem quase com avidez e, na hora de pagar, Ana insiste em fazê-lo, em agradecimento pelas horas que María lhe dedicou. Mas um instante depois vem o garçom e avisa que o cartão de crédito dela foi recusado.

Estourei o limite!, exclama Ana, entre assombrada e divertida, e se dirige à amiga com expressão incrédula: María, usei todo o crédito do meu cartão!

Estourou o cartão?, pergunta María, sem conseguir dar ao seu tom um pingo de preocupação ou descontentamento.

Olham-se, como diante do creme dos ovos de formiga, e explodem numa gargalhada contagiosa. Nesse momento, das profundezas da bolsa de Ana, o celular toca. A expressão dela muda radicalmente, embora um vestígio de riso ainda permaneça em seus olhos. Pega-o com desespero, apavorada pelo risco de não o encontrar a tempo e perder a chamada. Consegue encontrá-lo entre carteiras, pentes, faturas de todo tipo, lenços de papel, e olha o visor para conferir de onde vem a ligação. Mas María já sabe. Levanta-se do assento antes que Ana comece a falar e recolhe um a um todos os pacotes.

Mink

Para Alberto Fuguet

Por alguma razão desconhecida, na casa dos meus pais certas palavras eram ditas em inglês ou em francês, nunca em espanhol. Para falar de um traje, dizíamos *toilette*; para o lápis labial, *rouge*; para a classe média, *middle class*; para o vesgo, *louche*; para o visom, *mink*.

 Em minha pré-adolescência, quando eu já vislumbrava as vaidades do mundo, minha mãe fez uma viagem a Nova York. De lá nos escreveu contando a grande loucura que havia cometido: comprara um casaco de mink. Devo ter tido alguma percepção do privilégio, porque soube de imediato que este era um marco no vestuário de uma mulher distinta, que a quantidade de dólares que ela havia gastado era espetacular para um país cujas divisas eram ferreamente controladas, e que naqueles tempos contavam-se nos dedos da mão as mulheres destinadas a possuir tal peça. Minha mãe, de fato, tinha as características para ser uma delas. Bonita, sensual e elegante, chegou a Santiago coberta com essa pele, clara como o chá com leite, suntuosa como um casaco das mil e uma noites, mais suave ao tato até mesmo do que os gatinhos recém-nascidos que acariciávamos no campo. Nenhuma sombra a rodeava. Ao cumprimentá-la, prolonguei o abraço porque não conseguia me desprender do feitiço do visom e continuei manuseando sua textura por um bom tempo.

 Às vezes, quando minha mãe não estava em casa, eu costumava partir para seu closet, roubava sigilosamente o casaco de mink e, assim vestida, posava diante do espelho, observando-me com enorme satisfação, sonhando com a mulher que algum dia eu seria, fantasiando sobre os luxos que me aguardavam, segura de que seguiria os passos de minha mãe.

Um dia me apresentei na hora da refeição envolta no casaco de mink, para ver as reações. Eu devia ter uns treze anos, a entrada de camarões com abacate esperava em uma mesa bem-posta, na qual cintilava a porcelana inglesa de pratos azuis. Minha mãe, sentada à cabeceira, começou a rir.

Ficou linda, me disse, ainda rindo, com um garfo cheio de camarões a meio caminho, prometo que lhe empresto quando você crescer.

Meu pai olhou para ela e em seguida para mim.

Vá tirar este casaco, disse com certa impaciência, você pode sujá-lo.

Deixe, Eugenio, está se divertindo muito.

Ela e eu o ignoramos.

É uma promessa?, perguntei, cravando-lhe os olhos na cara e obrigando-a a confirmar.

Sim, meu amor, é uma promessa.

Então, já mais velha, às vezes eu o pedia emprestado. Deixe-me ser rainha por um instante, dizia, e, depois de escutar suas recomendações de cuidado, saía com o casaco pela rua e olhava o mundo do alto do pedestal que a pele me proporcionava. Porque, uma vez dentro dele, algo especial acontecia, era impossível se esquivar à máscara, à fascinação do disfarce, à substituição do eu cotidiano por um eu sofisticado, distante e esplêndido. Só por me cobrir com ele, eu me transformava em outro ser humano. Interrogava-me sobre os poderes do visom.

Cresci, estudei, me casei, com o tempo me tornei uma boa profissional e vivi no exterior por muitos anos. Quando voltei, minha mãe já era outra. Viúva e inválida, havia abandonado a cidade e buscado refúgio em sua casa de campo, longe do torvelinho anterior, das luzes, dos devaneios.

Minha vida era rápida, voraz e vertiginosa, à semelhança da vida de tantas mulheres santiaguinas, todas exaustas, tentando cobrir cada uma das frentes e fazer isso da melhor maneira possível. O tempo se tornou minha grande fortuna, o mais importante dos bens, deixando o dinheiro definitivamente em um lugar de segunda categoria. Os filhos, o marido e meu trabalho na gerência de uma grande empresa de alimentação me deixavam pouquíssimo tempo livre, mas, ainda assim, acontecesse o que acontecesse, a cada domingo eu pegava minha caminhonete às dez da manhã e seguia pela Norte-Sul em direção ao mar, dobrava antes de chegar a ele, tomava o caminho da costa e aterrissava na propriedade da minha mãe. Passava o dia com ela, almoçávamos juntas, eu a levava às compras pela estrada de terra onde se instalavam os camponeses com seus queijos frescos e produtos próprios, e muitas vezes terminávamos em um galpão no fim da estrada, chamado El Mol — assim mesmo, nada de *mall* —, onde vendiam roupas usadas. Ela, minha mãe, uma das mulheres mais elegantes de sua época, comprando peças que haviam coberto outros corpos. Não gostava de gastar dinheiro e continuava fascinada por roupas, ao passo que sua filha — profissional respeitada — se dizia interiormente que teria de nascer de novo antes de aparecer no escritório, numa manhã de segunda-feira, vestida em um traje de El Mol. Nessas incursões, invariavelmente éramos acompanhadas por Mildred, cuidadora, especialista em cadeiras de rodas, intérprete de estados de espírito, alter ego de minha mãe.

Na hora do café, durante uma das milhares de jornadas dominicais passadas no campo ao seu lado, perguntei pelo casaco de mink. Foi Mildred quem respondeu por ela: está pendurado no closet, a senhora já não o usa. Fui buscá-lo e o vesti, alegre, revivendo por um momento os loucos delírios do passado. A pele estava um pouco suja e o forro, estragado. Este era de um material sedoso repleto de bordados cor de chantilly que sempre me havia fascinado — o fato de um lugar escondido envolver esse nível de confecção e de artesanato nunca deixava de me assombrar —, e mais uma vez pensei como deve ser refinada uma peça de roupa para que até seu interior ostente uma tal confecção. O forro de uma manga pendia, agonizante, inteiramente descosturado. Aquilo me pareceu simbólico. A decadência já chegara e a decrepitude se aproximava. Minha mãe, tranquilamente, me disse: dou a você de presente. Ante minha cara de espanto, insistiu: sim, pode levar.

Mas, mamãe, é o seu mink, você gosta tanto dele...

Não o uso mais, respondeu, com uma pontinha de dramaticidade. Não tenho onde exibi-lo.

Algo em seu tom sugeria que era culpa minha se ela não tinha onde exibir seu casaco. Ignorei a sensação e, surpreendida diante desse impulso de generosidade, parti com o casaco na caminhonete e já no dia seguinte, na segunda-feira, pedi à minha assistente que procurasse o melhor lugar da cidade para limpar e consertar um casaco de visom.

Paguei muito dinheiro pelo restauro e usei e abusei do casaco de mink de minha mãe.

Três anos se passaram.

Sempre que devo viajar, sinto um bolo no estômago quando penso que algo pode acontecer à minha mãe, e a culpa me invade já quase por hábito (devo reconhecer que às vezes, quando viajo por prazer, cruzo os dedos para que nada aconteça, não por ela, mas por mim). Duas semanas atrás, por razões de trabalho, me ausentei durante seis dias. Assim que voltei, me avisaram que havia vários recados de Mildred para mim. Corri ao telefone, com o coração apertado. Meu Deus, que não seja nada grave.

É que, desde que a senhora partiu, a madame não parou de perguntar pelo casaco. Todos os dias, a qualquer hora.

O de mink?, perguntei, meio incrédula.

Sim, esse. Manda que eu lhe telefone todos os dias, mesmo eu tendo explicado que a senhora estava viajando.

Pode deixar, Mildred, no domingo eu o levo para ela.

Desliguei um tanto perplexa e me perguntei se minha mãe não teria começado a caducar. Dois dias mais tarde, na quarta-feira, ela mesma me telefonou, coisa que não costuma fazer. Perguntei como estava. A resposta foi que queria seu casaco.

Mas, mamãe, você me deu de presente há um bom tempo, eu mandei consertá-lo e me saiu caríssimo.

Ela ignorou minha reclamação, como se não tivesse escutado, e repetiu que queria seu casaco, que por favor eu fosse levá-lo. Expliquei que acabava de chegar a Santiago, que teria uma enorme quantidade de trabalho e não iria até o domingo. Notei que ela não gostou, mas não dei importância. Em minha lista de preocupações, o casaco ocupava o último lugar.

Na manhã de sexta-feira, Mildred me acordou. Disse que minha mãe estava tendo ataques de angústia, não dormira a noite inteira, e só falava de seu casaco.

Pois é, Mildred, eu sei, no domingo eu levo.

Eu acho, senhora, me respondeu a cuidadora num tom muito constrangido, que ela não pode esperar até domingo. Se me permite, acho que a senhora deveria vir hoje.

Mildred nunca se queixava dos resmungos de minha mãe nem de seus supostos ataques de angústia, então imaginei que a situação era grave. Liguei para o escritório, desmarquei duas reuniões, expliquei que havia uma emergência, peguei a caminhonete e dirigi a hora e quinze que me separava da casa de campo. Espantava-me especialmente que, em plena jornada de trabalho, eu absorvesse quilômetros e quilômetros de vacas e pasto, que uma paisagem tão bucólica me rodeasse, em vez de eu estar me contaminando em plena azáfama. O casaco de mink no assento do carona, mudo, belo, ilógico.

Entrei na casa quase correndo, culpada pela minha ausência no escritório, e nem sequer aceitei o café que me ofereceram.

Tome seu casaco, disse à minha mãe, procurando disfarçar a confusão e o cansaço que todo aquele assunto me provocava. Ela tentou me dar alguma explicação, mas a verdade é que não a ouvi. Estou apressadíssima, respondi, e fui embora.

Ao sair para a estrada pública recém-pavimentada, olhei para a direita, onde devia tomar a rodovia para Santiago.

E olhei também para a esquerda, onde ficavam as barracas de fruta dos camponeses e o galpão de roupa usada. Pensei no telefone do meu escritório, em como estaria tocando, em minha pobre assistente me dando cobertura, pensei também nos lábios franzidos de Mildred e na expressão de forçada inocência de minha mãe ao receber de minhas mãos o casaco.

    Dobrei à esquerda, a caminho do Mol.

2 de julho

1

Seus quarenta anos eram tão grisalhos como ele, como seu bigodinho ralo, como seu terno de tecido barato, como a gola remendada de sua camisa, como certo tom que sua pele adquiria quando a noite vinha, tão cinzento quanto todo o ambiente e o dia a dia de Pedro Ángel Reyes, carentes por completo de luminosidade.

A manhã de 2 de julho poderia ter sido a indolente manhã de um domingo qualquer, na qual finalmente a cama iria adquirir um cunho diferente ao ultrapassar seu puro uso utilitário, um espaço no qual deitar-se de volta após o suculento desjejum preparado por Carmen Garza, ultrapassando a exatidão das avarentas seis horas dos dias de semana, demorando-se um pouco entre os lençóis depois de saborear as gostosas panquecas de frango e creme, o café fresco em xícara generosa, a delícia dos pães doces *concha* e *garibaldi*, e, aproveitando a plenitude da estação, o açucarado sabor da manga manila. Talvez até ele pudesse convencer a mulher a acompanhá-lo, desde que se tivesse consumido sua pontual digestão, e obter um pouco de prazer matinal — preciso reunir forças, caralho: senão, de onde vou tirá-las? — antes de enfrentar o conhecido dilema sobre o que fazer nos dias festivos para que ela se divirta, se o dinheiro é tão escasso e ela tão exigente e eu tão aborrecido. As discussões entre Carmen Garza e Pedro Ángel Reyes aos domingos eram tão previsíveis quanto a antecipação da segunda-feira evidente e ordenada: o tédio espreitando implacável, sem disfarce, escoando como uma rajada de ar tóxico pela abarrotada sala com seus pesados móveis de pinho e pelúcia.

Mas hoje era o 2 de julho, um domingo diferente para todo o território mexicano, e Pedro Ángel Reyes tinha diante de si — finalmente — uma tarefa extraordinária a cumprir. Sua rotina se alterava: sairia muito cedo para a rua e se apresentaria à seção eleitoral, a mesma onde havia votado em 1997, ali, a quatro quadras de sua casa, no município de Huixquilucan, para exercer a honrosa tarefa de representante de seu partido. Pela primeira vez na vida encarregado de algo que não fossem os inúteis papéis e carimbos da seção de protocolos, encarregado de velar pela vitória de seus candidatos, os candidatos do povo, os candidatos da nação. Contou isso a Carmen Garza, contou muitas vezes: o chefe, quando quis lhe falar, apresentou-se em sua sala, a que ele dividia com os outros servidores, e perguntou com voz sonora por Reyes; não mandou chamá-lo pelo interfone, como faziam os figurões, foi procurá-lo pessoalmente e o convidou para um almoço, saíram à rua juntos, e ali, na lanchonete da esquina, comeram uns *tacos*, o chefe e ele. Carmen Garza não acreditou, para quê seu chefe vai perder tempo com um inútil como você?, disse, empregando aquele mesmo tom odioso com que se vangloriava de seu sobrenome, que era tão mexicano, tão plural, desde a oligarquia do Norte até os índios kickapoo, os que fugiram da perseguição gringa nos grandes lagos, ela alardeava todo esse papo. Pedro Ángel Reyes se absteve de lhe relatar toda a conversa, sua promessa o amordaçava, como é difícil guardar silêncio!; se falasse, talvez esta velha mixuruca não o menosprezasse tanto. Mas acabou contando que seria representante do partido no dia das eleições, que seu chefe lhe pedira isso e também o chefe do chefe, e por isso ela lhe preparou uma boa refeição, de manhã bem cedinho, para que ele fosse tranquilamente cumprir seus deveres de cidadão.

Do voto de Carmen, nada soube, é secreto, foi tudo o que ela respondeu à sua ávida pergunta. A primeira eleição desde que viviam juntos. E desde quando você se importa com a política? Carmen Garza lhe dirigiu aquele olhar de desprezo ao qual ele já se acostumara. Em três anos que a gente se conhece, é a primeira vez que eu ouço você falar desse assunto.

E, para concluir, lançou-lhe uma advertência inadequada: não será um pouco tarde para pegar esse barco?

Embora o hábito e a economia de Pedro Ángel Reyes lhe recomendassem tomar banho a cada três dias, e já no sábado ele tivesse feito isso, esta manhã do domingo foi uma exceção: não só a longa jornada eleitoral o requeria, mas também seu programa noturno: o chefe o convidara para a própria sede do partido em seu município a fim de comemorar a vitória, e ali estariam o chefe do chefe e, por sua vez, o outro chefe, o diretor do departamento, todos os ilustres do município, até o presidente municipal iria aparecer depois de visitar a sede central no D.F., pelo menos essa era a expectativa, e então, entre um brinde e outro, por fim ele poderia se aproximar daquela loura, a que trabalha na repartição de trânsito; no meio do vozerio, como não se atrever a lhe dirigir a palavra?, somente umas poucas, para ver se ela responde; ele não é mais um qualquer, foi convidado para a comemoração, já faz parte do grupo, é um dos vencedores, seu chefe vai promovê-lo, o trabalhinho não foi em vão, e além disso ele passou o dia controlando os votos; não, nos olhos daquela lourinha boazuda não caberá o desdém; muito pelo contrário, ela vai olhá-lo como se dissesse: se você está aqui, já é um dos nossos.

Como se vestirá hoje a lourinha? Ele conhece cada uma de suas roupas, a azul de minissaia, o conjunto rosa, a saia café com o blazer quadriculado, ela os vai revezando ao longo da semana, e na sexta-feira já ninguém recorda o que ela usou na segunda; afinal, sempre se apresenta bem, com suas pernas curtas mas bem-modeladas e seu traseiro empinadinho e determinado. Não é como a desgrenhada Carmen Garza, com suas cãs evidentes porque não as pinta há tempo, ele odeia aquela franja grisalha grudada ao crânio, porque delata a mentira do amarelo do cabelo, não mesmo, a da repartição de trânsito é loura de verdade e pelo menos dez anos mais jovem, seus peitos se aguentam firmes, não é manha do sutiã — um homem como ele já aprendeu a distinguir —; não como os de Carmen Garza, que perderam a elasticidade há um bom tempo, seu volume os traiu, transformando-os em globos intermináveis. Claro que, em sua urgência, ele os desfrutou, não vai mentir, essa mulher é dona de duas maravilhas: os cafés da manhã e a cama, nada mais; mas como, hoje, a vida de Pedro Ángel Reyes dará finalmente uma guinada, ele não renunciará à lourinha só por essas duas razões; afinal, qualquer mulher não prepara um bom café e dá uma boa trepada? É o mínimo que se pode esperar delas, agora que andam com ares desobedientes, tão desassossegadas, o que diria seu pai se ainda fosse vivo?, o pobre ancião cuja esposa não lhe desobedeceu um só dia de sua vida, que diante de todos os casos dele baixou a cabeça, concordou, disse que sim, embora não conseguisse dormir à noite, embora se embebedasse, ali estava ela sempre, esperando-o caladinha com suas tranças penteadas, com as tortilhas quentes na frigideira e o ensopado preparado no forno, sempre dentro de casa, cuidando dele, agasalhando-o. É o mínimo que eu devo ao "meu senhor", dizia.

Por que esses tempos não lhe couberam? Se ele tivesse nascido antes, Carmen Garza não viria com bobagens, nem de brincadeira teria o atrevimento de falar ao seu homem com tanta malícia, embora ele não fosse seu marido nos rigores da lei, o terno cinza dele estaria sempre bem-desamassado, talvez ele até pudesse trocar a camisa todos os dias; e, se os sapatos estivessem lustrados, não gastaria dinheiro nos engraxates. E os lençóis... É pedir demais que ela os passe como sua mãe fazia, nunca uma ruga, nunca uma dobra, adentrar-se neles como se fossem água cristalina? Mas o pior é que ela o humilhe, que o considere um incapaz, que o sinta invisível se ele caminha entre os demais, que o trate como a um panaca; sim, o pior é que se negue a ele. Terá feito isso alguma vez sua santa mãe, que Deus guarde em Sua glória? Sua casa de infância, lá em Ciudad Victoria, tinha as paredes muito finas, o quarto dele e dos irmãos só se separava do quarto dos pais por uma cortina de pano, e já desde pequeno ele era insone, ou talvez nunca tenha aprendido a dormir cedo, porque esperava os ruídos, aqueles que deixavam seu sangue fervendo; no entanto, sempre provinham do pai; se fizer justiça às lembranças, a mãe foi silenciosa mesmo nessas ocasiões.

Mas hoje é domingo, dia de eleições, e a vingança se aproxima. Pedro Ángel Reyes guarda os ressentimentos como dentro de um estojo de joias, fechando cuidadosamente a tampa, e corta a água do chuveiro com um otimismo desconhecido e novo.

2

Erguida, erguida mesmo, sua coluna vertebral nunca estivera: sempre um pouco encurvada, flexível, como se uma derrota se instalasse naqueles ossos. Mas, ao sair à rua e respirar o frescor daquela manhã de 2 de julho, ele se endireitou, estufou o peito como se pudesse gerar uma nova musculatura, uma nova estrutura óssea, e também inventou para si um novo olhar, juntando neste todas as sementes mal germinadas que o povoavam, escondendo-as, estirando o corpo e ensaiando um passo que poderia ser qualificado como algo próximo do elástico. Ainda o torturavam a inútil ereção matinal, a negativa de Carmen Garza, apesar de seus esforços por contentá-la na mais difícil das performances, porque ela não era mulher fácil em nenhum aspecto; para excitá-la, era preciso ser um verdadeiro ginasta olímpico, obrigando-o a acrobacias ridículas e impossíveis, embora, uma vez obtidas, ela se entregasse como poucas. Pagar era mais fácil, pensa Pedro Ángel Reyes, que durante anos se deitara em camas de duvidosa limpeza, e sem fazer o mínimo esforço — só mesmo o de ganhar os pesos que pagava em troca — havia apaziguado suas permanentes urgências, convencido de que o diabo se apoderara muito cedo de seu desejo e de que o próprio inferno lhe enviava esta contínua lascívia da qual não conseguia se livrar. Mas uma coisa o aterrorizava: que na repartição descobrissem isso, que algum de seus colegas notasse o volume em sua calça sempre que uma mulher apetitosa se aproximava dos guichês, sempre que a lourinha cruzava o corredor rebolando ostentosamente, sem recato.

No curso eleitoral para o qual seu chefe o convidara a fim de preparar o bom desempenho do dia de hoje, a lourinha chegara tarde no primeiro dia e, muito displicente, percorreu o recinto com os olhos procurando um lugar para se sentar. O único assento que àquela hora permanecia vazio era ali, bem ali, ao lado de Pedro Ángel Reyes, e, enquanto ela se acomodava e movia suas pernas bem-modeladas, muito vistosas sob a minissaia do conjunto azul, o coração dele, previsivelmente, começou a galopar. A carne, a promessa da carne, a boa carne. Conhecia de cor o efeito daquele galope, podia até cronometrá-lo, e então pegou uns impressos que jaziam sobre a mesinha diante de sua cadeira e os instalou dissimuladamente no colo, protegendo-se de qualquer indiscrição. Não conseguiu escutar quase nada do discurso e das instruções que eram distribuídas na sala, mas sua postura de atenção parecia inegável. Ao término da sessão, ficou de pé rapidamente e tentou, com um gesto galante, puxar a cadeira onde a lourinha se sentava, mas esta o despachou com um implacável olhar de desdém, pegando o assento com suas próprias mãos e levantando-se no ato.

As ruas estão quase vazias e nelas se respira certa contenção. É muito cedo para que os meninos brinquem fora de casa, o abandono ajuda a impregná-las de um leve ar fantasmal. Sem esquecer seu novo passo ereto, como se uma espada de ferro se atasse ao seu dorso, Pedro Ángel Reyes caminha rumo à casa onde sua seção eleitoral o espera. Só quatro quadras, não demorará a chegar.

De repente, o agradável silêncio matinal se interrompe e uma motocicleta vermelha e preta arrasta rápida sua ruidosa prepotência pela rua que Pedro Reyes deve atravessar. De onde saiu esse gato? Ele não chegou a vê-lo, apenas escutou o miado quando a motocicleta cambaleou um pouco, atropelando-o. O motociclista não se altera e segue seu caminho, deixando para trás uma esteira amarela, a da cor de sua jaqueta, e ele, Pedro, como única testemunha. Aproxima-se e seu instável coração se aperta quando ele escuta os gemidos agonizantes. Manchas escuras tingem as listras sobre a pelagem amarela, bonito exemplar, o pobre gato. Mas a imagem do sangue o desconcerta. O corpo de Carmen Garza golpeia sua visão como um invólucro de pele. E, enquanto a poça circular aumenta ao redor do animal, ele se agacha sem se ajoelhar, não deve sujar a calça, a norma é mostrar-se respeitável hoje nas seções eleitorais. As entranhas do gato se espalham pela rua, uma nova olhada e os corpos de seus colegas de repartição se arrebentam sobre o pavimento. Rasteira após rasteira, toda a vida de Pedro Ángel Reyes é como andar descalço quando cada passo devia ser dado com os pés cobertos, a dor de se ver quase mutilado porque os olhos de seus colegas saltam sobre ele, para além dele, ignoram-no, ignoram-no e não deixam de ignorá-lo, esses pés desprotegidos, imóveis enquanto os outros avançam, esses pés retidos em sua nudez pela vergonha de que alguém os observe, de que apontem você, veja, lá vai aquele, sem sapatos. E quando hoje amanhecia, quando seu corpo emporcalhado lhe revelou na cama a necessidade do desejo, quando ele apoiou a cabeça no peito de Carmen Garza, esta o alfinetou: seu cabelo tem cheiro de rato.

Não deve tocar no gato, não deve tocar no sangue.

Hoje é o dia da vingança.

Esta noite a lourinha irá à festa de comemoração, ele já avisou que ali conversariam, disse isso na última sessão do curso quando quase por hábito voltou a escolher o mesmo lugar ao seu lado, quando por fim ela reparou em sua presença e aceitou que ele lhe puxasse a cadeira, na mais primitiva das galanterias. Também trabalho no município, disse-lhe Pedro Ángel Reyes, seria imperdoável se ela deixasse passar o instante em que o viu, finalmente, viu-o e o olhou, trabalho na seção de protocolo; que coincidência, sim, que coincidência, você é um dos nossos; sim, sou dos de vocês, sou de alguém; sim, sou seu. No domingo vamos ganhar; sim, e comemorar, sim, quantos votos você conseguiu?, vários, bastante, muitos, nem sei em quem minha própria mulher vota, sou um mentiroso, mas se puder os falsifico; tudo para contentar a lourinha, contentar meu chefe, para que ele cumpra a promessa de me aumentar o salário depois do trabalhinho que lhe fiz, não foi tão fácil, sumir com aqueles papéis poderia me sair caro; afinal sou o único que os maneja, porcaria de papéis, de algo me serviram, o chefe não esquece os favores, assim me disse, e agora, amanhã mesmo, me dará a promoção; não é uma simples questão de salário, comer a lourinha é mais do que um salário, me livrar da velha é mais do que um salário, o prestígio diante dos meus colegas é muito mais do que um salário.

Os gemidos se extinguem, o gato já está morto e acabado. Ele deve arrancar das pupilas a cor do sangue. Deve seguir seu caminho, ereto com a invisível espada às costas, ignorar essas entranhas espalhadas no pavimento, esses intestinos destripados, fazer caso omisso dessa carne pobre, feia e esparramada que de alguma forma oblíqua lhe recorda a sua. E a de Carmen Garza, esquiva, aquela sonsa, opaca e desafinada como o trompete de um *mariachi* velho.

Esta manhã, sua vontade é inquebrantável. Umas poucas quadras, e pronto. Mas lhe é difícil abandonar o cadáver do gato em plena rua; em sua infância, ele enterrava os animais mortos, sempre fez isso, por princípio. Procurava caixas de papelão no depósito e as transformava em ataúdes, com a pá de seu pai cavava pequenos buracos e dava aos bichos a mais digna sepultura. E até, quando enterrou seu cachorro, um vira-lata que havia recolhido num lixão, acrescentou à cova uma estampa da Virgem de Guadalupe. Mas o cachorro lhe pertencia, e este gato é alheio. Pelo menos removê-lo, puxá-lo para a calçada, que não o atropelem de novo, quantas mortes o coitado deverá sofrer? Com cautela, segura-lhe a cabeça, a cabeça não está esmagada; sem levantar o corpo, arrasta-o pouco a pouco, lentamente, até depositá-lo na calçada. Move-o ainda um pouco mais para que o tronco de uma árvore o proteja. Quase uma sepultura. Orgulhoso, põe-se de pé; a tarefa, cumprida.

Percebe na mão direita uma manchinha de sangue. À falta de lenço, introduz a mão no bolso da calça, esfregando-a ali dentro até limpá-la.

Agora, já pode tomar seu rumo.

3

Acelera o passo. Para que o caminho ficasse mais curto, começou a contar as fileiras de paralelepípedos, mas depois de cinco minutos desistiu, pois não alcançou nenhum número concreto. Não importa, já chegou à casa indicada. A seção está em ordem, tudo pronto para dar início ao processo. Os outros se adiantaram e ele é o último, tudo por culpa do gato. Detecta de imediato aqueles que, segundo lhe avisaram, seriam seus dois adversários, conforme o chefe explicou, não deve perder de vista nenhuma das ações deles, podem ser perigosos, fingir-se de bobos e limitar sua margem de manobra. Já no curso preparatório lhe ensinaram todas as formas de fraude possível — as que você pode fazer, e que o professor chamou de "ativas", e as que o adversário pode implementar, batizadas como "passivas"—. Esse foi o dia em que a lourinha faltou e ele pôde prestar atenção a tudo o que ensinaram. Um mundo novo para Pedro Ángel Reyes, novo, estranho, incomensurável. Tantas vezes, durante sua vida, foi votar sem nenhuma consciência do que acontecia por trás do voto, e mais, nunca reparou nos representantes dos partidos... Hoje, é um deles e talvez venham votar pessoas que também não saibam o quanto está em jogo neste dia, que desconheçam a enorme parafernália que existe por trás de uma simples cédula e que, claro, nem reparem nele. Pensa isso duas vezes e dos lábios lhe escapa um sorriso transformado em careta, como se alguma vez ele tivesse merecido maior atenção, pode um dia de eleições mudar tanto como os olhares nas pupilas alheias?

Gordo, muito gordo, a barba não foi feita ao menos em três ou quatro dias e o cabelo comprido pende oleoso até os ombros. Allen Ginsberg, disse quando se apresentou, chamem-me bacharel Ginsberg. Pedro Ángel Reyes o encara surpreso, o homem não tem pinta de gringo para usar esse nome; e mais, numa prova de brancura, ele o vence. Se o pai é gringo, então o sujeito saiu à mãe, não há dúvida, asteca pura.

O outro posa de mauricinho, toda a sua aparência grita isso, assim como suas feições claras, não pensou em se arrumar nem se embonecar num dia como este, embora outros, ao contrário, estejam de terno e gravata, seus jeans sequer estão muito limpos, mas se percebe a impecabilidade de sua camisa azul-celeste, idêntica à que seu candidato exibe na tevê. Ambos encaram Pedro Ángel Reyes com desconfiança, embora entre eles tampouco se simpatizem. De má vontade, reconhecem sua legítima presença no local e ele se pergunta, ainda que o chefe o tenha prevenido sobre isso, como pode um ser humano desconfiar de outro sem conhecê-lo, sem possuir nenhum antecedente.

Acha pouco antecedente o partido que você representa, Reyes, você é retardado ou se faz de retardado?

"Caíram de joelhos em catedrais sem esperança rezando por sua mútua salvação e a luz e os peitos, até que a alma lhes iluminou o cabelo por um instante." Olha o gordo sentado a seu lado, os botões da camisa lutando contra o ventre para não explodir, e com humildade se desculpa, não entendeu o significado das palavras dele. Não importa, sou poeta, foi toda a resposta do outro. Imaginou que isso bastava, que uma licença tácita envolvia o gordo e não ele, que se empenhava tanto em sua dicção e no sentido comum de cada uma de suas falas. Distraiu-se com as camadas de gordura que cobriam aquele corpo, com a falta de agilidade daquelas dobras, como o sujeito transaria com uma mulher difícil como Carmem Garza?, que ressentimentos profundos guarda um ser com esse volume? Os gordos inventam para si mesmos uma aceitação que nunca é certa, ninguém se ufana definitivamente de tais dimensões a não ser os que já se entregaram, os que não querem mais guerra, os que decidiram deixar de gostar de si.

Uma baforada de fumaça o sufoca. O riquinho dos jeans ataca um maço de Marlboro vermelho, um machão assim não fumaria light, e, sem oferecer a ninguém, acende um cigarro e começa a tragá-lo com enorme prazer. Lentamente, deposita a fumaça sobre o rosto de Pedro Ángel Reyes. O pigarro deste, irreprimível, não o dissuade. Olha entediado os votantes enquanto fuma, seu desconhecimento deste recanto do município é óbvio e ele não pretende disfarçá-lo.

Apenas cumpre uma função e como tal atua, deixando muito claro que uma parte importante desta consiste em demonstrar uma arrogância e uma falsa displicência ante o senhor de bigode ralo e grisalho que se senta ao seu lado. Seu inimigo principal não é o gordo, mas você, Reyes, não o assusta essa categoria?

"Regressando anos mais tarde calvos com uma peruca de sangue e lágrimas e dedos, para a visível condenação de louco nas salas dos manicômios do Leste." Pois é, desta vez não perguntará nada, que o poeta continue, afinal ninguém lhe faz caso, e menos ainda o mauricinho. Foi então que apareceu aquela mulher. Uma morena de olhos grandes e amplos quadris, uma María Félix atualizada em versão Huixquilucan. Trazia refrescos numa bolsa de malha e uns pacotinhos cobertos por guardanapos brancos. Ante o espanto de Pedro Ángel Reyes, dirigiu-se para ele sem hesitações. Já deve estar com fome, companheiro, dizem-lhe esses lábios carnudos e pintados, e, ignorando os olhares do poeta gordo e do riquinho arrogante, abre a bolsa, destampa com agilidade uma Lift e exibe um tentador sanduíche em camadas, do qual surgem pedaços de presunto, ovo, vagem, tomate e carne. Assim que entrega tudo a Reyes, parece registrar as outras presenças e com um sorriso fácil os despacha, os senhores devem ter quem lhes traga comida, e pronto.

Claro, como é que não se deu conta de quão grande era sua fome, iria devorar tudo, tudo, sanduíche, Lift e, se pudesse, inclusive María Félix, este anjo caído do céu só para mim; como foi que não me meti na política antes, se eu soubesse que as coisas eram assim, quanto tempo desperdiçado, quanto, meu Deus.

Arrume lugar para mim, moreninho, sim, foi o que ela disse; não é que Pedro Ángel Reyes esteja sonhando, ela disse mesmo, enquanto empurrava uma coxa na borda da cadeira dele. Com rapidez automática, porque seu cérebro já deixara de funcionar, ele move os ossos para o lado, abrindo-lhe espaço. De repente, sente a perna de María Félix contra a sua. Acha que vai se engasgar quando a pressão dessa perna insiste, o presunto entope sua garganta e ele toma um gole de Lift. A ereção, caralho, pronto, aí está, embaixo da mesa, merda, de que jeito vou dissimulá-la? Coma tranquilo, sussurrou-lhe ela compreensiva, além de bonita, além de boa — uma verdadeira mãezinha —, além de generosa, é compreensiva; será que isto está acontecendo a este seu criado, quando nunca me acontece nada, como é possível, o partido dá tanto poder assim, da noite para o dia me tornei irresistível? Terminado o sanduíche, afinal, a perna ainda instalada contra a dela, procura um guardanapo para limpar mãos e boca. Ela lhe passa um, solícita, como se adivinhasse seus pensamentos. Foi então o momento abençoado, aquele em que ela segura sua mão direita e com uma boquinha franzida, entre suspiro e queixa, sua mão está com sangue! De um gato? Venha, venha comigo, vou limpá-la para você.

O paletó ajudou, ao menos ele pôde se levantar com certa dignidade, puxando a aba, escondendo aquele volume como já sabia fazer, e assim abandonar seu assento. Caminhar atrás da mulher em direção aos lavabos, seguindo-a como o mais fiel e domesticado dos cães. Ela parecia conhecer bem o caminho.

Mãozinha, mãozinha, só uma lavadinha, cantarolava María Félix dentro do banheiro, olhando para lá e para cá, ignorando uns homens que a encararam, estranhando com justo direito sua presença, afinal estavam em território masculino; porém, maravilhosa, ela não se complicava. Pegou-lhe a mão, abriu a torneira da pia pequena e branca, deixou a água correr como se o frescor fosse relevante para o sangue seco daquela mão direita, o sangue do gato, e, tirando um lenço limpo de uma bolsinha que pendia de seu ombro, dedicou-se ao trabalho como María Madalena às feridas de Jesus. O calor no agitado corpo de Pedro Ángel Reyes ardia aceso, refulgia sem rima nem razão, irradiando o toalete de tal modo que se ele não agisse, não tomasse nenhuma providência, dali a pouco iria transformar o local, sem refração possível, no próprio centro de uma explosão. O pobre Reyes, desgraçado, não esquece que desde o amanhecer o desejo, inutilmente, lateja.

4

A essa hora o sol era de rachar, e dentro do banheiro masculino a sombra da María Félix local se projetava sinuosa sobre os ladrilhos, empenhada como estava ela em seu trabalho de limpeza. A sombra e ele formavam um só corpo sólido. A operação de desprender cada pequena partícula de sangue desafortunado e ressequido durou uma eternidade, não foi a imaginação de Pedro Ángel Reyes que a prolongou, desnecessária tanta meticulosidade se só se tratava disso, ela concentrada em torno de um objetivo quase invisível, apoderando-se de um tempo manso mas fixo, um tempo rígido. A fantasia dele correu longe, para além do toalete, das seções eleitorais, do poeta gordo e do mauricinho de camisa azul-celeste, para além de Huixquilucan, do estado do México, de todo o território nacional, até chegar ao próprio céu.

Com uma rapidez atemporal, deslizou em sua fantasia a bunda da lourinha, sim, ele sabia que o chefe a comia, seu colega de guichê tinha lhe contado na repartição, mas agora que a vitória se aproximava e com ela a promoção, mulher e posto podiam ser seus, desbancar o chefe com esta potência louca que percebe em si mesmo, irrefreável e total. Embriagado de poder e de desejo, teve a ousadia de estender a mão livre, a que nunca teve manchas de sangue felino, e ali, ao seu alcance, encontrou um dos peitos da morena, terso e maduro ao mesmo tempo, material perfeito, um pêssego no ponto. Os enormes globos de Carmen Garza, aqueles que ele roçou esta manhã enquanto julgava que em sua demasia estariam prestes a se desinflar — mas o que fazer?, eram os únicos disponíveis, não ia menosprezá-los —, atravessaram a memória do tato e ante tal comparação a fantasia não só alcançou o céu como o rompeu, transformando-o em milhares e milhares de pedaços.

— Não tão depressa, amigo.

Era a voz dela, sempre compreensiva e atenta, mas com uma firmeza recém-inaugurada. Levantou a vista para ele, sem soltar a mão molhada, e seu olhar era de reprovação, sim, sem dúvida, como uma mãe para o menino que está prestes a cometer uma travessura.

— Não seja assim, homem, agora não.

Segundos depois decidiu, chega, prontinho, e, quando ela terminou de secá-lo, Pedro Ángel Reyes murmurou timidamente que precisava entrar no reservado. Recuperando seu sorriso alegre, vermelho e pintado, ela prometeu esperá-lo na saída. A urgência com que ele abriu a calça, já resguardado de qualquer olhar indiscreto, seria patética para quem ignorasse seu padecer. Um roçar leve, mínimo, produziu-lhe um enorme alívio. Não, não se sentia capaz de esperar até a noite; quando Carmen Garza o repeliu esta manhã, seu primeiro impulso foi trancar-se no banheiro e acabar com a tortura, como era seu hábito, mas pensou duas vezes e desistiu, com um pouco de esforço se tornaria um verdadeiro garanhão esta noite, só com um pouco de controle sobre sua louca vontade.

Mas agora não aguentava mais, não depois dessa morena, forçosamente única, fora de todo registro prévio, impensável em sua existência anterior. Sim, um instante atrás ele a tocou, tocou mesmo, e não teve de pagar por isso.

Cerrou os olhos com enorme deleite, pois é, vamos começar, finalmente o delírio abandonará sua categoria de miragem. E nesse instante, da sujeira e do isolamento do mictório, escutou um enorme grito dentro do banheiro.

— Reyes! Reeeyeees!

Era a voz de seu chefe, o grito diabólico de seu chefe.

— Corno vagabundo! Onde você se meteu, caralho?

Pedro Ángel Reyes fechou a calça às pressas e, como se o tivessem submergido em um bloco de gelo, esqueceu sua quentura, deixando-a mais uma vez em suspenso. Saiu do cubículo fedorento e lembrou-se de puxar a descarga para dar verossimilhança à sua estada naquele lugar.

— Eu estava mijando, chefe, por que essa gritaria?

Ao recordar mais tarde o episódio, pensou que não era sem razão que o chefe era o chefe.

Este chegara ao recinto havia meia hora e tinha encontrado a seção abandonada, sem representante do partido resguardando o processo. Que quantidade de coisas podem ser feitas em meia hora!, quantas "fraudes passivas" o partido pode sofrer por causa de um representante desertor? Pelo menos, assim o julgou seu superior, um tanto paranoico aos olhos de Pedro Ángel Reyes. Um presente! Meia hora de presente para seus adversários, meia hora para o poeta gordo, meia hora para o riquinho arrogante, o que não se pode fazer durante uma eleição, em trinta longos minutos?!

— Como é que eu fui confiar em você, Reyes, se você é e sempre foi um panaca?!

Em sua confusa e improvisada defesa, ele culpou a morena, que por sinal não se mostrava na porta do banheiro, como havia prometido. Ah, porque a mão suja, porque o sangue do gato, porque precisava lavá-la, e também foram vocês que me mandaram aquela mulher para me trazer comida.

Então o chefe o encarou como se seu subalterno estivesse alucinando. Ninguém lhe enviara comida. Nenhuma morena tinha ordens para isso, nem dele nem do partido. De que mulher Reyes estava falando, teria enlouquecido de uma vez por todas? Este procurou com os olhos, percorreu o local inteiro e por fim não, não havia morena alguma que confirmasse seu relato, como se literalmente ela tivesse se esfumado. Também ele chegou a duvidar de seu próprio juízo. E se a morena, aquela puta, disse o chefe, tivesse querido demorar mais, teria conseguido, sem dúvida. Ante essa acusação, Pedro Ángel Reyes guardou silêncio. Claro, o outro ainda devia estar conservando dentro de si o cheiro da lourinha, é fácil acusar o próximo quando o próprio instinto está satisfeito.

Sua única preocupação, ao se despedir do chefe, já que este ia partir para continuar fazendo o controle dos locais, foi a esperada comemoração noturna na sede do partido, não fosse ele retirar o convite por sua falha de meia hora. Se é que temos algo a comemorar, babaca, disse o chefe, porque, com colaboradores como você...!

Caminhou de cabeça baixa para o seu lugar, em miserável confusão. Não seja assim, homem, agora não. Essas foram as palavras de María Félix quando ele a acariciou. Mas foi realmente uma negativa? Sim, Reyes, ela rejeitou você, não se iluda. Contudo, as coisas podiam ter tomado outro rumo. E se ela tivesse topado a brincadeira? Quanto tempo ele demoraria para voltar ao seu posto?

Teria sido fácil fechar com chave a porta do banheiro por dentro ou, pior ainda, ir embora dali. Ela poderia ter escolhido outro lugar, um "vamos" discreto e pronto, Pedro Ángel Reyes abandonando o local depressa, deixando tudo para lá. E se o chefe chegasse à seção nesse momento ou, ele nem se atreve a imaginar, ao banheiro trancado? A trepada do século. Demitido, Reyes, por ser imbecil. Nem sequer por irresponsável, não, por imbecil!

Além disso, seu plano noturno, tão meticulosamente elaborado, se arruinaria.

Nessas circunstâncias, como iria abandonar Carmen Garza? Livrar-se dela havia sido sua primeira, lúcida e resplandecente ideia quando o chefe lhe falou e, em troca daquele trabalhinho, convidou-o a juntar-se a eles, sem economizar detalhes sobre as expectativas que se abriam. Em seguida fecharam o pacto e o plano teve início em seu cérebro: como, depois de passar a noite com a lourinha nesse domingo, ambos embriagados de triunfo, no dia seguinte entraria em casa despreocupado, indiferente, como se fosse um fato usual ele não vir dormir, e iniciaria o primeiro ato: a tortuosa humilhação de uma Carmen Garza insone, temerosa e angustiada.

Todos os seus sonhos de grandeza abortados, o município vitorioso, o país inteiro nas nuvens e ele, jogado na calçada como o gato, só pela leviandade da carne?

Voltou à sua mesa para tomar assento entre os dois adversários. Tudo estava como antes, nem um guardanapo, nem a garrafa de vidro de Lift, estaria ficando maluco? "Santas as solidões dos arranha-céus e dos pavimentos! Santas as cafeterias cheias de milhões! Santos os misteriosos rios de lágrimas sob as ruas!" Teve vontade de calar o bacharel Ginsberg, seu ânimo não estava aberto a poemas de boas-vindas. Olhou para a direita, de onde provinha o forte cheiro da fumaça de Marlboro, e notou que algo havia mudado, sim: o olhar do mauricinho de camisa azul-celeste já não era só de arrogância. Havia se instalado nele a dissimulação.

5

Às cinco da tarde, o céu tendeu a se fechar, uma luz extraordinária abateu o entardecer por uns meros instantes, como uma feiticeira astuciosa, para em seguida se esconder, coquete. Quando o firmamento ficou escuro, uma brisa errante os sacudiu, perturbadora. Um mistério se instalou no ar. E certo frio. A inquietude baixou do céu rumo a todo o território, deixando-os mudos por um longo momento. Faltava meia hora para efetuar a contagem dos votos quando um personagem felino, careca e grandalhão, atravessou o jardim e se aproximou do riquinho da camisa azul-celeste. Falou-lhe ao ouvido, enquanto Pedro Ángel Reyes se concentrava na imagem de uma menininha que brincava com cara bobalhona em um pedaço de gramado seco, como se uma mão celestial lhe houvesse roubado todo o verdor. O grandalhão com passo felino não demorou mais de três minutos, um, dois, três, isso foi tudo. E, quando ele abandonou o local, um halo de presságios cruzou o ambiente.

    Passou-se uma meia hora errática, curta e longa ao mesmo tempo, em que os partidários de cada lista mergulhavam em diversas preocupações. Então lacraram a urna e iniciaram a contagem, voto a voto, verso a verso, Pedro Ángel Reyes pareceu despertar de sua aparente letargia e despreocupação, o que acontecia ali na mesa de votação não devia estar acontecendo, o escrutínio se afastava de toda sensatez. Enquanto olhava fixamente os números e as somas, congelado, com um medo estranho lhe secando a garganta, recordou aquele locutor tão popular, Nino Canún, aquele corno, que havia acusado pelo rádio seu presidente municipal: aproveitando a impunidade de sua voz transmitida pelo satélite, denunciava o prefeito dizendo-o um gatuno. Um gatuno! E, como se fosse pouco, zombava, sarcástico: o único ranking em que o presidente municipal poderia competir seria o de gatunagem porque, sem dúvida, venceria. Quando ousou comentar isso com seu chefe, Reyes pediu timidamente que lhe explicasse a coisa. Com paciência, o chefe lhe deu uma aula magistral sobre o que era a política, sobre por que se falava mal dos que faziam o bem, e, depois disso, fecharam o pacto. Gatuno.

O partido de Pedro Ángel Reyes perdeu. Em contraposição, o do mauricinho ganhou.

Bom, não é de estranhar, alfinetou um senhor de bigodão estilo Pancho Villa, já que temos todos esses ricaços de Interlomas no município. Mas esses ricos são a minoria, respondeu o poeta Ginsberg, Huixquilucan é um município pobre por definição. O falso Pancho Villa os consolou, reflexivo, não se preocupem, nós, os mexiquenses, podemos votar mal, mas não o resto dos mexicanos, somente neste rincão do estado do México se incubou o veneno da incompreensão, da falta de gratidão; o país, o que é o país, é outra coisa.

Convencido de que sua experiência da contagem era uma exceção, ao terminar todo o processo Pedro Ángel Reyes reúne suas coisas para partir. Irá à sede do partido para levantar o ânimo, contar como em sua seção houve um equívoco, como precisamente o lugar onde ele trabalhou acabou sendo um ponto isolado na eleição; que azar, justamente em sua seção. Então, o mauricinho dos jeans, mais arrogante do que nunca e excessivamente entusiasmado, levantou-se da mesa e pegou sua jaqueta, quase escondida entre outros pertences. E de repente Pedro Ángel Reyes resgata uma lembrança, pensa que esta vem de muito longe, há muito tempo, mas não, era daquela manhã, uma jaqueta amarela. A esteira amarela da moto, o motociclista na rua vazia e o gato atropelado, o gato dando os últimos miados, o cadáver do gato jazendo com leveza no solo ao lado da árvore, descansando em paz, sua sepultura.

Pedro Ángel Reyes caminha pelas ruas da cidade, ainda vazias, as pessoas estão recolhidas, talvez assustadas, só às oito da noite serão divulgados os primeiros resultados oficiais; antes disso, nada é verdade, nada é válido, uma seçãozinha mixuruca não significa nada, embora o município contasse com a vitória ali. Eu gostaria de passar em casa, me arrumar um pouco para a festa, ver televisão um tempinho para farejar o ambiente em que o país vive a estas horas, botar um pouco de colônia, me recuperar deste dia, sim, me deitar uns minutinhos antes de ir ao encontro com a loura. Mas não queria topar com Carmen Garza, conversar com ela, fingir que tudo está normal, ao passo que esta noite ele não virá dormir e amanhã o abandono será iminente. E menos ainda quando ela souber do fracasso de sua seção; vai esgrimi-lo como uma razão a mais para humilhá-lo, como se fosse culpa dele, como se sua presença ali fosse a causa de terem perdido. Mas só faltam duas quadras, que tentação, afinal é fácil saber se ela está ou não em casa, vou passar para ver, quem sabe? Caminha um pouco e verifica, satisfeito, que seu lar está vazio.

Tira a roupa que o sufoca a esta hora, deita-se no leito conjugal e com o novo controle remoto liga a tevê em busca da melhor programação, Televisa ou Televisión Azteca ou Eco; que beleza seu novo e reluzente televisor, já não recorda quantas promissórias assinou para adquiri-lo; não importa, é bonito e grande e quadrado, mesmo que eu leve dois anos para pagá-lo, eles não demoram a me aumentar o salário. Escutando as vozes tênues dos analistas como pano de fundo, mergulha em um sono pesado.

Despertou-o uma sensação de angústia. Com a boca pastosa e a garganta seca e a camisa amassada e o corpo moído, olha para o despertador na mesa de cabeceira: são dez. Dez e dez, caralho! Veste-se às pressas, esquece a colônia refrescante, sequer escova os dentes, pelo menos vinte minutos para chegar à sede do partido. Como diabos adormeceu assim?

Quando desce do ônibus, sonha ouvir, do quarteirão de distância que existe até a sede, os compassos da rancheira ou o hino do partido, ou, se não for música, ao menos os slogans de seus colegas, os gritos, mas a noite é o próprio silêncio. Avançando rumo ao local, não demora a compreender a fome que o tortura, só um bom café da manhã cedo e, por todo alimento, um sanduíche na hora do almoço.

Na véspera testemunhou como organizavam os manjares para esta noite, já não falta nada, a lourinha deve estar esperando-o com um bom prato preparado para ele. Uma pena aquilo da lei seca, uma cerveja seria bem-vinda. Uma Victoria, aquela que só se encontra no México, segundo a televisão.

Estão fechando o local. Em grandes sacos plásticos, armazenam a comida intacta, enquanto os últimos militantes que partem levam outros, repletos. As cadeiras vazias. As bandeiras gemem solitárias sobre as paredes. Os cartazes com a fotografia do candidato como uma ilha onde só cabe naufragar. Todo o lugar, um mistério carregado de morte. A noite caiu com estrépito. Os poucos companheiros que esvaziavam o local insistiram que partisse e Pedro Ángel Reyes obedeceu, desanimado. Perambulou sem destino pelos bairros. Na cara da lua, viu a jaqueta amarela. Na tensão da noite, viu o rosto do fim.

Duas horas mais tarde, volta para casa muito cansado, caminhou a esmo pelas ruas deixando em cada pedra seu passo derrotado. Abre a porta e pensa que, a esta hora, até mesmo o regaço de Carmen Garza o sossegará. Uma desordem inusitada arranca-o de seus lúgubres enganos. O televisor novo. Não o vê. O armário aberto está vazio. Sobre a cama, vê um papel branco, aproxima-se e reconhece nele a assinatura de Carmen Garza. Em um abrir e fechar de olhos, compreende a magnitude do acontecido. E, no único gesto digno daquele domingo 2 de julho, amassa o papel sem o ler e deita-se na cama para chorar.

Epílogo

Quando, no ano 2000, o jornal *El País* me pediu um conto para sua edição de verão, quase me neguei. Eu nunca havia escrito um, mesmo já tendo publicado, àquela época, vários romances. É provável que eu sentisse esse gênero como algo esquivo e um pouco inapreensível. Aceitei o pedido como um desafio e ali nasceu "2 de julho", um conto que cumpriu a encomenda do *El País* e que mais tarde, junto a "Sem Deus nem lei", veio a constituir uma pequena publicação chamada *Um mundo raro (dos relatos mexicanos)* [Um mundo estranho (dois relatos mexicanos)].

"Dulce enemiga mía" (que então se chamou "La dulce mi enemiga"), eu o escrevi em 2004 para uma edição de luxo espanhola na qual vários autores prestavam homenagem ao Quixote.

Todos os outros contos são inéditos e foram escritos em diversos lugares desde então (na Argentina, no México, no Chile, na Toscana, nos Bálcãs, em qualquer parte). Alguns foram concluídos, quase literalmente, no dia de ontem.

Este livro não teria sido possível sem o estímulo constante do meu agente literário, Willie Schavelzon, e sem María Fasce, da Alfaguara España, a qual, com seu olho quase clínico em matéria de literatura, é capaz de transformar qualquer texto com suas sugestões e sua tenacidade. Para eles, todo o meu agradecimento.

Santiago do Chile, setembro de 2012

Este livro foi impresso
pela Geográfica para a
Editora Objetiva em
setembro de 2014.